Rosa María, disfruta de estos

relatos ESTELARES.

Que este libro te inspire
y estimule tu mente y
cada uno de tus sentidos.

9

ESTELARES

Thais Duthie

les
para llevar

Primera edición: febrero de 2025

Les para llevar es una colección de LES Editorial, propiedad de Letras Raras Ediciones, S. L. U.
www.leseditorial.com | info@leseditorial.com

ISBN: 978-84-19879-33-2
Depósito legal: MU 3-2025
IBIC: FA, FP, FRD

Impresión: Podiprint
Impreso en España - *Printed in Spain*

FSC
www.fsc.org
MIXTO
Procedente de fuentes responsables
FSC® C159566

Nota de la editora

Te doy la bienvenida a Les para llevar, *la nueva colección de tamaño reducido de* LES Editorial, *en la que daremos cabida a géneros, formatos y rarezas con un encanto especial; libros editados con tanto mimo y detalles que desearás coleccionarlos todos.*

Por ejemplo, ¿a quién no le va a gustar leer doce relatos con alta carga erótica y con una amante por cada signo del Zodiaco? Sáficas, horóscopo y sensualidades, y para poner la guinda, está escrito por Thais Duthie —a quien ya conoces por Matices*—, cuya prosa elegante y sugerente es su sello personal. Así que este librito es un* must *y, además, te* advierto de que todos los relatos te dejarán con ganas de más.

También es muy probable que durante su lectura esboces una sonrisa cuando reconozcas el modus operandi de aquella escorpio que no te pudiste sacar de la cabeza en meses; o recuerdes a la sagitario que fue tu crush un verano; o la forma de seducir tan suya de aquella leo...

Yo no soy mucho de leer el horóscopo, es más, soy de esas capricornio escépticas que dicen: «Bah, es todo sugestión». Peeero a veces he conocido a alguien que ha resultado ser de un signo de fuego y me he dicho: «¡Ajá, lo sabía!». ¿A ti también te pasa? Pues vas a disfrutar mucho de las próximas páginas.

Bárbara Guirao

Nota de la autora

Los relatos que estás a punto de leer son ficción, pero la corta extensión que los caracteriza invita a sumergirse en la acción de manera inmediata. Por eso, encontrarás personajes sáficos en cada historia; sin ellos, estas narraciones no existirían. El objetivo es que estas historias te inspiren, dejen volar tu imaginación y estimulen tanto tu mente como tu cuerpo. No olvides que en la realidad existen las ITS, por lo que es fundamental utilizar métodos de protección (puedes encontrar más información sobre ello en Sapphic Fire, *también de LES Editorial).*

Deseo que estos relatos despierten cada uno de tus sentidos y te acompañen en tu viaje hacia el placer. En este volumen, Estelares, descubrirás historias que fusionan lo onírico con lo real, lo tangible con lo que solo puede experimentarse en carne propia. Advertencia: leer a sorbitos. Disfruta cada palabra, saborea cada escena poco a poco: estas historias están cargadas de erotismo, y podrían ser peligrosamente adictivas.

Thais Duthie

*A todas las personas que se dejan guiar,
a ciegas, por la compatibilidad de los signos.
Atreveos a desafiar la astrología, puede
que los astros os sorprendan.*

«Todo en el universo tiene un ritmo,
todo baila».

MAYA ANGELOU

Acompaña la lectura
con la banda sonora de este libro.

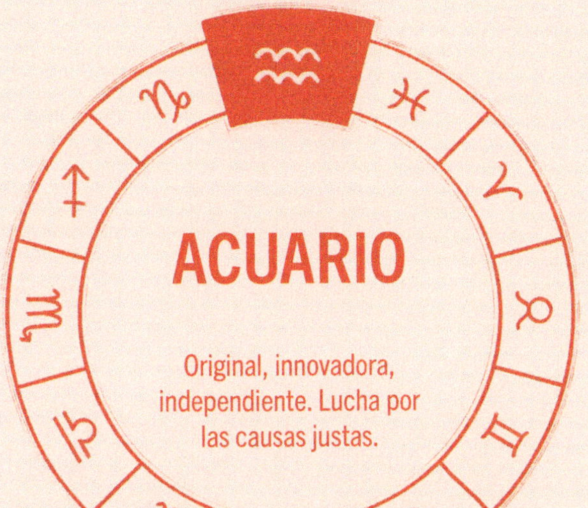

PELIGRO DE EXTINCIÓN

La nieve amortiguaba los pasos de Cloe en plena noche. Miró atrás para asegurarse de que nadie se hubiera dado cuenta de su escapada de la tienda de campaña que compartía con el equipo de expedición. No se veía a nadie. Aprovechó que todos estaban profundamente dormidos gracias a que unas horas antes habían usado una botella de Smirnoff para sellar una decisión. Abortaban la misión, el desafío era mayor de lo que imaginaban. La veterinaria no estaba de acuerdo, por supuesto, de ahí que hubiera decidido seguir por su cuenta.

Apenas había avanzado cincuenta metros cuando una parte de sí misma le gritó que aquello era una locura. La ventisca le arañaba la piel a pesar de la ropa térmica y el mono, el frío le calaba los huesos, el cansancio era insostenible por mucho que quisiera convencerse de lo contrario.

—¿Qué coño haces aquí sola?

Por un momento pensó que su mente le había asignado a su conciencia la misma voz que tenía la experta en supervivencia que acompañaba al grupo. Sin embargo, cuando notó un peso en su hombro fue inequívoco. Se dio la vuelta para encontrar a Sara frente a ella con esa expresión que usaba casi todo el tiempo y que le había parecido demasiado divertida desde el principio.

—Me voy al refugio, no pienso abandonar la misión —aseguró la veterinaria.

—¿Pero qué dices? Mañana empezamos el descenso. ¿Pensabas irte sola? —Aunque su mirada era dulce, el tono con el que hablaba sonaba a bronca.

—No voy a dejarlo. Estamos muy cerca, Sara, no podemos abandonar ahora. Si los demás no quieren seguir, me da igual.

—¿Vas a arriesgar tu vida por un animal?

—Se te olvida que pasé las pruebas físicas necesarias. Solo es un poco de frío.

—Son veinte grados bajo cero a tres mil metros de altura en el Himalaya.

—Lo que sea —sentenció Cloe—. Y no es un animal, es la única hembra de leopardo de las nieves que hemos podido localizar en toda la cordillera, y está a punto de dar a luz. La última señal del radiotransmisor indicaba que estaba cerca del refugio y hace horas que la hemos perdido, tenemos que llegar allí lo antes posible.

—Estaría bien hacerlo sin poner tu vida en peligro.

—Lo que está en peligro es el felino. No quedan más de cinco mil ejemplares en todo el mundo, esto es importante. Si nadie quiere venir conmigo, entonces iré sola.

—Acuario tenías que ser; tu orden de prioridades en la vida merece un estudio. Iré contigo, les dejaremos una nota o nos buscarán. Pero si después de explorar los exteriores del refugio no encontramos a la gata, nos vamos.

Aquel acuerdo las mantuvo en ruta alrededor de un día. Faltaban tan solo quinientos metros para llegar a las coordenadas en las que detectaron la señal por última vez, pero el temporal y la pendiente dificultaban el ascenso. Mientras estuvieron con el resto del equipo, habían hablado con frecuencia porque eran las únicas dos mujeres de la expedición y aquel tiempo a solas definitivamente las hizo acercarse. Sara había descubierto en la veterinaria que, pese a la superficialidad que aparentaba, tenía una gran vida interior. Era leal, sincera y tenía algo magnético —emocional y físicamente— que impidió que regresara con el resto del grupo para el descenso aquella noche. Cada vez que intercambiaban alguna palabra conseguía contagiarse más del espíritu idealista y cuidador que la caracterizaba. No había querido decírselo, pero, de pronto, encontrar a la hembra de leopardo de las nieves le parecía lo más sensato.

Cuando llegaron al refugio, estaba a punto de anochecer y todavía no había señal del felino. A Sara le costó convencer a Cloe para que esperaran a la salida del sol para comenzar con el rastreo del animal, pero logró que la veterinaria abandonara momentáneamente esa idea. Se dio cuenta de que, si la miraba de cierta manera, era más probable que accediera.

La cabaña no tenía más que un par de catres de madera sobre los que colocaron los sacos de dormir. Parecía construida hacía décadas y no estaba aislada del todo, pero sería mejor que pasar otra noche a la intemperie. Debido a su tamaño reducido, el pequeño calefactor que alguien había dejado allí logró calentar el espacio en poco tiempo. Aprovecharon la tregua que les daba el frío para asearse y, ante la luz que proyectaba el trasto, la experta en supervivencia observó cómo se desvestía. Por mucho que lo intentó, no pudo apartar la mirada de ella. Se dio cuenta de que tenía un rasguño que le cruzaba el hombro y se acercó a ella por la espalda para verlo mejor.

—¿Cómo te has hecho esto? Déjame ver. —Sara pasó sus dedos por la herida casi cicatrizada muy despacio.

—Fue al salir de la cabaña de madrugada, no sé con qué me di.

—¿Te duele?

La veterinaria rio y negó.

—Es agradable sentir algo cálido contra mi piel después de tantos días —dijo a media voz.

—¿Así?

Los dedos de Sara abandonaron los restos de la rozadura y se deslizaron por su espalda desnuda. Pensó que era tan suave como parecía bajo aquella luz tenue. Dejó caer las yemas por toda su columna en un roce casi imperceptible que hizo que la piel de la veterinaria se erizara. Para ser experta en supervivencia se olvidó de lo importante que era interpretar las señales y creyó que el suspiro que Cloe acababa de liberar era inofensivo. Sin embargo, era igual de peligroso que cuando el leopardo de las nieves caminaba muy cerca del suelo. Solo significaba una cosa: estaba cerca de su presa.

Y así, desprevenida, Sara acabó contra la madera de la cabaña. Los labios de su compañera presionaron los suyos y, hasta ese momento, no fue consciente de que ella también había echado de menos el contacto.

Como el felino cuando cazaba a los marjores[1], la inmovilizó y no permitió que hiciera movimiento alguno. Atacó su cuello y, con un mordisco en la yugular, logró hacerse con el control. Sus cuerpos acortaron toda distancia como por inercia y los gemidos de una y otra inundaron la cabaña. A pesar del cansancio, ni siquiera se dejaron caer al suelo. La veterinaria sostuvo las muñecas de su compañera con una sola mano y, con la otra, le recorrió la piel que tenía a su alcance con fiereza y sin un ápice de cuidado. Cualquiera diría que aquellos mismos dedos estaban entrenados para sostener cachorros recién nacidos.

Ambas se deshicieron de las últimas prendas de ropa térmica que cubrían su cuerpo. Cualquier material que no fuera pura piel sobraba en aquellos quince metros cuadrados y, tras la abstinencia y la insensibilidad que les habían provocado varios días en la nieve, cada caricia se multiplicaba. No

1. El marjor es una especie de cabra originaria de las regiones montañosas de Asia central y del Himalaya.

era una mano, parecían cuatro las que arañaban el abdomen de Sara. No eran treinta y pico grados los de los labios de Cloe, parecían cien.

A lo largo de su profesión, Sara había visto a decenas de seres vivos como depredadores, y esa misma mirada que tenían cuando estaban a punto de hacerse con su presa pudo verla en los ojos de Cloe. Entonces sí que adivinó cuál sería su siguiente movimiento y, de algún modo, sus cuerpos encajaron como las últimas dos piezas de un puzle. La pierna de una entre las de la otra. Un movimiento suave pero constante desencadenó réplicas más intensas. Sus caderas imitaban las escarpadas montañas que formaban la cordillera del Himalaya en las que se encontraban.

Las anatomías de ambas estaban más receptivas de lo habitual, pero fue la veterinaria quien sintió la desesperación cuando su compañera hizo amago de recolocarse. La retuvo de nuevo porque estaba tan cerca y se sentía tan intenso que parecía que había llegado al punto de no retorno.

—Un poco más... —le suplicó, al oído.

Y Sara, que nunca había sido demasiado complaciente, se rindió ante aquel tono. Era la primera vez que lo escuchaba en toda la expedición. Puso condiciones en silencio, eso sí, porque se zafó de su agarre y llevó ambas palmas a las nalgas de la mujer. Acompañó el movimiento hasta que sintió cómo los músculos de la veterinaria se tensaban. Luego le clavó las uñas, como lo haría una presa tratando de deshacerse de su atacante, y así llegó su clímax. Nunca había sentido aquella zona tan receptiva, tan sensible, tan desnuda, y el contacto con la intimidad de Cloe había hecho que todo saltara por los aires.

Observó cómo las facciones de ella estaban teñidas por el placer y dejó que apoyara el rostro en el hueco de su cuello. Se sentía embriagada por la sensación. Apenas habían logrado que sus respiraciones volvieran a su estado normal cuando un pitido las hizo sobresaltarse a ambas.

El radiotransmisor volvía a detectar señal.

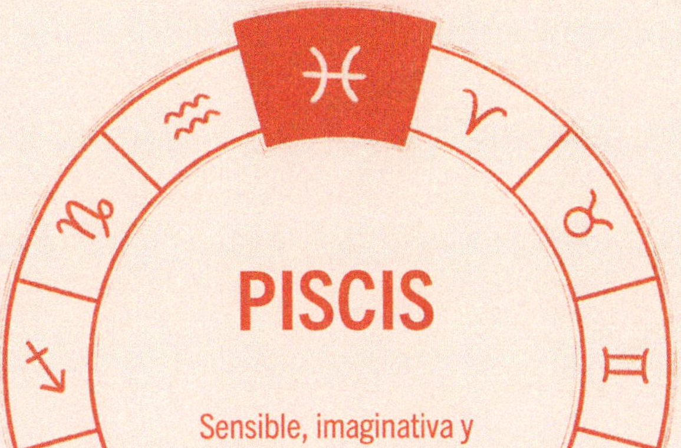

PISCIS

Sensible, imaginativa y cariñosa. Es buena amiga y le gusta ayudar.

BUENA SUERTE

La mariposa estaba posada en una de las esquinas del caballete y no se había movido ni un ápice en los últimos minutos. Si no fuera porque Abril veía cómo sus antenas se levantaban ligeramente, habría pensado que no estaba viva. Sus grandes ocelos le recordaban a los ojos de los búhos en plena noche. Pensó que podría pintarla, pero no se atrevía a deslizar el pincel sobre el lienzo por si se movía.

La luz del sol entraba a raudales por el ventanal medio abierto que tenía delante. Frente a ella, el bosque se alzaba imponente. La artista se movía con sigilo, lo cual era curioso, porque una parte de sí misma pensaba que si lograba que la mariposa se mantuviera allí hasta que su novia saliera de la ducha, algo bueno ocurriría. Tan curioso como llamarse Abril habiendo nacido a finales de febrero.

Nunca había sido de retratar la naturaleza, más bien prefería inventarse formas que no existían, hacer mezclas de colores imposibles. Sin embargo, aquella mariposa la inspiró para comenzar a combinar pintura sobre la paleta. Lo hizo en el silencio más absoluto para no asustarla, porque el tono de naranja se le asemejaba mucho, pero necesitaba un poco más de blanco todavía.

—¿Cómo va tu próxima obra de arte? —preguntó Sofía desde el marco de la puerta—. Ha sido una ducha muy larga, seguro que estás a una pincelada de exponer en el Louvre.

—Chist —susurró, se movió como si sus extremidades estuvieran hechas del mismo material que las alas de la mariposa y le hizo un gesto para que se acercara—. Mira. ¿Sabes qué significa?

Sofía llevaba una toalla del blanco más impoluto rodeándole desde debajo de los hombros hasta un palmo por encima de las rodillas. Abril, en cambio, era más de albornoz, pero ver a la mujer de aquel modo le hizo olvidarse del insecto un momento. La media melena húmeda le acariciaba los hombros y pudo ver cómo algunas gotas de agua todavía le brillaban en las clavículas sobre el centenar de pecas que le salpicaba el cuerpo. Tragó saliva.

—¿Qué significa?

Abril rodeó la cintura de Sofía y la atrajo hacia sí. Observó sus ojos bajo aquel rayo de sol que parecía aclararlos. Se acercó todo lo posible a su boca y murmuró:

—Que vamos a tener mucha suerte.

Fue como un ronroneo, y el roce de sus bocas resultó electrizante para la artista, aunque se apartó enseguida y puso su clásica sonrisa socarrona.

Sofía levantó una ceja.

—O sea, ¿que sí quedará una mesa en ese restaurante tan bueno que está en medio de la carretera?

—Es posible —le dijo Abril al oído—. Pero para conseguir esa buena suerte hay que hacer un ritual.

La mujer rio y deslizó su mano por el brazo de Abril hasta que llegó al tirante del peto vaquero bajo el que solo llevaba un *bralette* blanco. La artista suspiró y notó cómo la caricia se propagaba hasta sus terminaciones nerviosas.

—¿Como tu ritual para pintar? Ya sabes, lo de que haya luz natural, tu taza de *matcha* que a veces se confunde con el vaso donde lavas los pinceles y que tengas alrededor de tres horas por delante.

—No, es un ritual mucho más divertido e infinitamente más efectivo.

A pesar de que llevaban varios años juntas, les encantaba tontear como si acabaran de conocerse. Como si, después de todo aquel tiempo, tuvieran que ganarse a la otra. Así que aquella conversación fue como un cortejo o, más bien, un juego de poder, hasta que el tiempo les pesó demasiado. Los labios de ambas se encontraron a medio camino. La palma de Abril se posó sobre el hombro de Sofía y deslizó los dedos, manchados de pintura ya seca, por su piel húmeda. Los rastros de agua se fundieron con el pigmento y renació en forma de una cascada de color. A medida que la artista tocaba el cuerpo de la mujer se creaba un rastro.

Cuando el beso adquirió otro cariz —más denso, saturado— se transportaron a la cama. Abril quedó encima y se acomodó con una pierna entre las de la otra. Echaba de menos el cuerpo de la mujer como si no lo hubiera tocado durante décadas cuando, en realidad, habían estado así de cerca unos minutos antes. Comenzaron a moverse la una contra la otra sin objetivo claro, y los gemidos inundaron la habitación. También los dedos de la artista, que tan precisos eran sobre el lienzo, mostraban su maestría sobre la anatomía de su novia.

—Tienes las manos sucias —le recordó Sofía contra los labios.

La pintora se apartó ligeramente y observó sus manos. Una paleta de colores cálidos teñía sus palmas y parte de sus dedos. También la piel de Sofía estaba manchada, la toalla y la sábana sobre la que se encontraban. Abril gruñó y escondió el rostro en el cuello de la mujer. Siempre le ocurría lo mismo. Aprovechando el momento de debilidad, ella se colocó encima. Con el cambio de posiciones la toalla resbaló por su piel, dejándola desnuda. Abril acarició el espacio entre sus senos y deslizó el pulgar hasta su ombligo.

Su novia le tomó la mano y la apartó. Desabrochó los cierres del peto y tiró de él hacia abajo. Mientras colaba las manos debajo del *bralette* para quitárselo, su boca le cubría cada pedazo de piel descubierta. Hizo lo propio con las bragas y, cuando las dos estuvieron completamente desnudas, Sofía se acomodó sobre ella. Primero coló la mano entre ambas e hizo que sus centros de placer estuvieran en contacto, luego comenzó a moverse contra ella. Les llevó unos segundos encontrar el ángulo perfecto, posición en la que encajaban como las últimas piezas de un rompecabezas.

La mujer le besó el cuello, le mordió el mentón, le gimió al oído. Cuando sintió que la desesperación comenzaba a consumir a Abril, tomó sus muñecas y las colocó sobre su cabeza. Esta se quejó brevemente, pero luego aceptó con gusto su nuevo rol. Se dejaría llevar por ella, como tantas otras veces había hecho. Así, se removió y le rodeó a Sofía las caderas con las piernas. El contacto era mayor y eso hizo que la estimulación se expandiera.

Los pezones duros de Sofía se balanceaban contra los de Abril en un roce delicioso. Ambas buscaban la boca de la otra como si no se hubieran alimentado durante décadas y, cuando al fin se encontraron, se sumergieron en un beso húmedo y apasionado. Los glúteos de la mujer se contraían con cada embestida y la artista se entregaba a ella como lo hacía al arte: con la devoción más absoluta. El pecho le subía y bajaba frenético, estaba tan cerca del clímax, de culminar esa obra, que los ojos se le entrecerraban. Pero, entre parpadeo y parpadeo, alcanzó a ver cómo la mariposa alzaba el vuelo en dirección a un rayo rociado por motas de polvo.

—Olvidemos el restaurante... Esto es la buena suerte —le dijo a Sofía.

Aquella imagen y los primeros fragmentos de un orgasmo poderoso, la llevaron a un pensamiento que le había rondado la cabeza durante varios días. Y mientras la mariposa desaparecía y ellas seguían con su propio cuadro comprendió que, a pesar de la pincelada final, una obra de arte nunca podía terminarse del todo.

ARIES

Aventurera, enérgica, pionera, valiente y segura de sí misma.

COMPATIBLES

Eran las cuatro de la madrugada y lo único que quería Andy era que su casa se despejara. Que se quedara vacía. Ir a su aire. Desde que su grupo de amigas había propuesto eso de las fiestas de la Luna Llena temía por que le llegara el turno de ceder su hogar para semejante revolución. A Andy eso de las estrellas le importaba más bien poco, pero la luna había resultado una excusa para verse con cierta frecuencia, y eso sí le gustaba.

Debía reconocer que la jornada había empezado bien: unas tapas, intercambio de cotilleos, buena música. Pero en cuanto las demás empezaron a darle al vino y luego a los chupitos como si no hubiera un mañana, la cosa empezó a torcerse. Para aquel punto de la noche todas sus amigas habían consumido una cantidad considerable de alcohol y lo demostraban frente al televisor, con un botellín de agua vacía como micrófono. Les había seguido la corriente al principio, pero después de cantar a pleno pulmón casi toda la discografía de los Backstreet Boys comenzaba a aburrirse. Era abstemia desde hacía algunos años y verlas a ellas entregadísimas a las melodías de los noventa le hacía sentir un poco fuera de lugar, porque Andy siempre había sido más de las Spice Girls. Como en otro mundo. Hubiera preferido una discoteca, cuerpos sudorosos y, con suerte, alguna chica entre sus sábanas al acabar la noche.

Recordó entonces el paripé de la astróloga. Una de sus amigas, Ángela, le dijo que había contratado a su astróloga de confianza en formato *online* durante unas horas para que todas pudieran charlar con ella y aprender más sobre su signo zodiacal. A Andy le había parecido una tontería y se lo había dicho sin miramientos, pero mientras el tic tac del reloj de la cocina potenciaba esa sensación de decaimiento, la propuesta le resultó un poco más atractiva.

Fue hasta su habitación, el espacio elegido por Ángela para hacer el despliegue astrológico. Abrió la puerta con unos nervios tontos que no sabía dónde nacían. Con una curiosidad inusual. La estancia estaba iluminada por el flexo del escritorio y, justo debajo, el portátil que Ángela usaba en su trabajo mostraba una videollamada en curso que había empezado a saber cuándo.

Tomó asiento como si, en lugar de su dormitorio, se encontrara frente a un tribunal. El corazón le latía deprisa por la expectación, la curiosidad, la posibilidad de que aquello no fuera un teatro después de todo, sino la pieza que necesitaba para que la noche mereciera la pena.

«Finge que te lo crees, solo un poco».

—¿Hola?

—*Bienvenida, querida.* —La voz que le respondió sonaba cálida y firme y, definitivamente, mucho más joven de lo que había imaginado en una profesional de la adivinación.

Enseguida el logotipo de una gran S que ocupaba la pantalla se transformó en la figura de una mujer joven de cabello oscuro y muy ondulado. Era delgada, de facciones marcadas. Sus ojos le recordaron a los de los felinos, sus labios parecían tan jugosos que, por un instante, se quedó prendida ante tal imagen. Definitivamente aquella no era la astróloga cincuentona a la que había imaginado cuando Ángela le hablaba de ella. De saberlo, tal vez habría entrado antes a esa charla supuestamente esclarecedora sobre su presente y su futuro.

—*¿Cómo te llamas?* —La voz la sacó del trance.

—Andy. Y no te voy a decir mi signo, ese es tu trabajo, ¿no? —La impresión de ver a aquella mujer tan atractiva frenó su intento por asemejarse a una devota del Zodiaco.

Una suave risa inundó la habitación entera. No sonaba molesta, solo divertida. Incluso la forma en la que recuperó su expresión neutra era cautivadora.

—*Responde a tres preguntas y podré adivinarlo.*

—Hecho. —Sonaba justo, ¿cuántas trampas podría hacer en tres preguntas?

—*¿Siempre eres tan directa?*

—Siempre.

—*¿Por qué no habías entrado antes para hablar de tu signo?*

—Porque no creo en la astrología, me parece una pérdida de tiempo.

La astróloga arqueó las cejas, luego adoptó una expresión de interés. La forma en la que comenzó a observarla desde entonces demostraba tanta curiosidad como Andy sentía y ya no hubo vuelta atrás. Ambas estaban enganchadas a demostrar, o desmentir, que su perspectiva sobre la vida era la correcta.

—*¿Eres muy ordenada?*

—Vivo en mi desorden ordenado —dijo Andy, y levantó los brazos haciendo referencia a su dormitorio.

—*Entonces Aries es una escéptica.* —Lo dejó ir como si nada, pero a la anfitriona le dio un vuelco por dentro.

—Aries es... una escéptica —confirmó, pero una parte de sí misma comenzaba a prestar una atención más detallada a lo que la astróloga le decía—. Y preferiría estar ligando contigo en un bar y hablando de cosas de verdad. De ciencia, yo qué sé.

De nuevo aquella risa y la mirada sensual que le siguió después. Desde el principio la astróloga le había hecho sentir una cercanía inusual, unas vibraciones que seguro que estaba imaginando. Porque no podía ser real, no podía tocarla a través de la pantalla con sus superpoderes de estrellas y planetas alineados.

—*Sé que sí. Preferirías que estuviéramos en la barra, bajo un neón, tú fingirías que bebes porque querrías tener todos tus sentidos intactos, charlando de cualquier cosa solo para que compruebes si funcionaríamos en la cama o no. Y sí que funcionaríamos, yo lo sé, y el universo también lo sabe. Te transmitiría esa seguridad y acabaríamos en los baños antes de que pudieras proponerme siquiera que fuéramos a tu casa.*

Sonaba a su *modus operandi*, a pesar de que no le había dado ninguna información tan reveladora, o eso creía. Nada que le hubiera hecho llegar a aquella reconstrucción de su forma de seducir.

—¿Cómo sabes todo eso?

—*Es mi trabajo. ¿Quieres saber más?*

Andy asintió, aunque su escepticismo se esfumaba por momentos. Tal vez las estrellas sí tenían un poco de información al fin y al cabo.

—*Sé cómo eres: segura de ti misma, activa, entusiasta, impaciente. Terca. Te encanta mandar. Pero sé algo más interesante: lo que te gusta en la intimidad.*

—¿Qué es lo que me gusta, según tú? —Su fachada, aun así, seguía intacta. Aquel tira y afloja provocaba que su centro de placer comenzara a latir sin previo aviso.

—*Te encanta seducir y sentir que yo soy tu presa. Tus límites cambian con frecuencia porque quieres probarlo todo, no te importa hacerlo en cualquier lugar público. Te pone tener el control y jugar, jugar mucho.* —Fue liberando cada frase como si se tratara de una estrategia perfectamente planificada—. *Por eso te gustará saber que hace unos minutos que mis dedos están tanteando el terreno sobre mis bragas.*

Andy suspiró ante aquella revelación. Miró abajo y descubrió que su mano derecha había trazado el mismo camino como por arte de magia. Desconocía cómo había terminado entregándose a ella, a la fuerza de los planetas. Se resistía, pero esa parte curiosa quería saber cómo sería dejarse llevar un poco más por aquella fuerza poderosa.

—*Esto te divierte, ¿verdad? Te excita saber que allá afuera están Ángela y las demás y pueden entrar en cualquier momento.*

—Mucho.

—*Mucho es lo que están alineados tus astros para haberte cruzado justo con un signo como el mío.*

—¿Qué eres?

—*¿No has dicho que no crees en la astrología?*

—Entonces no me lo digas —soltó, y buscó los ojos de la astróloga en la pantalla—. Dime si estás mojada.

—*Estoy empapada. Me pone cachonda saber tanto de ti y que creas que me lo invento todo, pero, sin embargo, no dejo de usar toda la información a mi favor.*

—Enséñamelo.

La astróloga se removió en su silla y acercó dos de sus dedos a la cámara. Su piel brillaba por la excitación, que impulsó el deseo de Andy.

—Me gustaría hacer que te mojes más mientras me muevo contra tu boca. —Se acercó al ordenador y se lo susurró.

—*Ve a por tu juguete favorito. Sé que tienes más de uno para divertirte.*

Andy se levantó y fue rápidamente a la mesilla, sin darse tiempo a pensar por esa vez cómo podría haber llegado a aquella conclusión. Se hizo con una especie de disco con una boca que simulaba los labios de una buena amante, volvió a sentarse y se lo colocó entre las piernas.

—¿Tú no tienes?

—*Tengo mis manos, que serán las tuyas solo esta noche.*

—Quiero que separes tus labios y te acaricies de arriba abajo muy despacio. Así lo haría yo. —Al tiempo que le daba la orden, encendió el estimulador de clítoris y echó la cabeza hacia atrás al sentir las primeras ondas sónicas.

—*Eres una mandona,* Aries —la provocó—. No *cierres los ojos, mira.*

Acto seguido, la astróloga se desabotonó la camisa negra vaporosa salpicada por un montón de planetas bajo la atenta mirada de la chica y dejó al descubierto sus senos, desprovistos de sujetador. Eran pequeños y tan firmes como la voz con la que la estaba guiando por aquel camino estelar. ¿El destino? Un orgasmo espacial, o eso esperaba.

—¿Por qué Ángela no me había hablado de ti? —gruñó entre dientes más para sí misma que para ella.

—*Porque siempre que te habla de esto la mandas a paseo, seguro.*

—Lo hago.

La primavera todavía estaba lejos, pero la temperatura pareció ascender atropelladamente en el dormitorio. Andy se quitó el jersey rojo que llevaba y el top deportivo de una vez. Vio cómo la astróloga se arqueaba, entonces gimió bajito.

El juguete mantenía a Andy a las puertas del clímax, pero no quería que el placer se concentrara en una gota y luego se diluyera del todo. No todavía. Quería seguir viendo cómo la astróloga se movía excitada frente a la cámara, cómo sus rizos le rozaban los pezones, ese rostro teñido por el morbo. Desplazó la boquilla hacia sus ingles y sintió un escalofrío.

—Ni siquiera me has dicho cómo te llamas.

—No *necesitas saberlo. Solo que soy fuego, puro fuego... y tú también.* —Sus palabras, por primera vez, sonaban desprovistas de la entereza que la caracterizaba—. *Somos los signos más compatibles, Andy.*

Pensó que la meta estaba cerca también para ella, entonces volvió a acercarse el juguete y una descarga la recorrió de arriba abajo. Los primeros versos de *I Want It That Way* y las voces disonantes de sus amigas retumbaban fuera de la habitación como una clara señal de que todavía tardarían en notar su ausencia. Aprovechó el estribillo de la canción para gemir un poco más alto, un poco más fuerte.

Aquello atrajo aún más la atención de la astróloga, que se sumó con jadeos y pequeños gruñidos. Andy pensó que le encantaría poder ver lo que ocurría fuera de cámara, bajo la mesa, pero imaginarlo le concedía un poder inexplicable.

Dejó caer los párpados un momento para centrarse mejor en todo lo que estaba sintiendo. Los fosfenos que le había causado el flexo le recordaron a estrellas que formaban una constelación. Le dio la impresión de que se unían entre ellas para crear aquella tira de luces y dibujaban la constelación de Aries. Abrió los ojos, fascinada, y observó la expresión de la astróloga, teñida por el placer. Su cuerpo se tensaba por momentos y ella, para seguirle el ritmo, aumentó la velocidad del juguete. La estimulación se volvió más intensa y un orgasmo arrollador comenzó a sacudirla.

En alguna parte, Andy había leído que los días de luna llena las mujeres sentían más deseo sexual y, mientras el universo la recorría entera por dentro, se dijo que también debía de potenciar los orgasmos. No recordaba haber tenido sexo con luna llena, pero aquella noche definitivamente se había corrido mirando a la luna en un sentido metafórico.

Abrió los ojos esperando encontrar a la astróloga sudorienta, jadeante, con su rostro teñido de rojo por el calor. Pero allí no había nadie. La pantalla se había fundido en negro y una notificación le indicaba que solo estaba ella misma en la llamada. Suspiró con el corazón latiéndole a mil todavía, y leyó un mensaje que había en el chat:

«Cuando creas en la magia de lo que acaba de pasar, búscame».

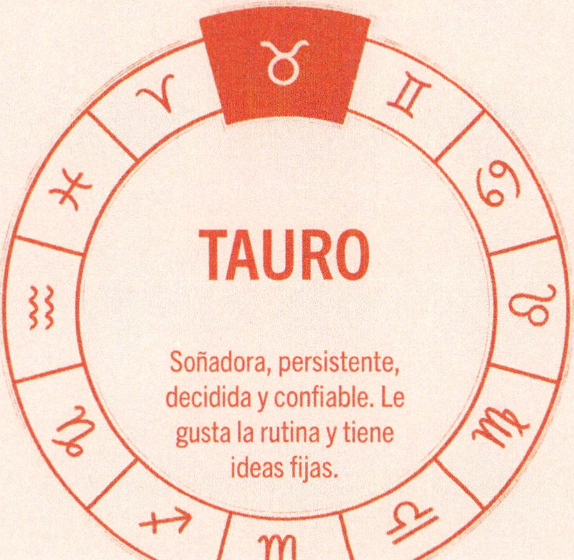

TAURO

Soñadora, persistente, decidida y confiable. Le gusta la rutina y tiene ideas fijas.

LA CHICA DEL TREN

TAURO HOY

Sueles ser muy sociable, pero al mismo tiempo también bastante discreta, podrás comprobarlo hoy. Si llevas un tiempo pensando en acercarte a alguien, es el día.

Nuria estrujó el periódico que se había llevado del tren y lo lanzó al suelo. Suspiró, luego maldijo entre dientes por no haber leído el horóscopo diario a primera hora del día.

Llevaba semanas encontrándose con una chica hermosa de camino al trabajo. Siempre en el mismo tren, siempre a la misma hora. Siempre con aquella sonrisa mientras se dejaba llevar por la música que salía de los auriculares y, cada cierto tiempo, cerraba los ojos y movía la cabeza totalmente entregada a la melodía. Hasta entonces, Nuria estaba segura de que el amor a primera vista no existía, pero lo que le sucedía con aquella desconocida era bastante fuerte. Todos los días llegaba a la oficina con la respiración entrecortada, el corazón saliéndosele del pecho y unas ganas insostenibles de hablar con ella.

«Muy tauro por tu parte», se justificó, o eso le había dicho su mejor amiga.

Pero nunca le había dirigido la palabra. Un halo de duda se le metía dentro porque no podía decirle todo lo que sentía, todo lo que pensaba. Seguro que se asustaba, y lo último que quería era perderla de vista. Preferiría no hablarle nunca si así podía seguir encontrándose con ella de camino al trabajo.

Aquel día, sin embargo, se había producido un acercamiento: la chica había tomado asiento justo frente a ella. Nuria había podido observarla de cerca y, con disimulo, había averiguado un montón de detalles sobre ella. Y ahora, tumbada sobre la cama de su habitación, recordaba su aroma, tarareaba los graves que desprendían los auriculares, trataba de imaginar cómo se sentirían sus caricias.

Esa tarde el sol no quería despedirse y, aunque la primavera se había hecho esperar, al fin saludaba con una brisa templada que entraba por la ventana. Movía ligeramente las cortinas, igual que el traqueteo del tren mecía los rizos rubios del cabello de la desconocida. Con aquella imagen grabada en la mente, cerró los ojos y se dejó acunar por el enamoramiento.

El viento le erizó la piel. Antes de reconocer que había sido aquella brisa, se convenció de que así debían de sentirse los dedos de aquella chica al acariciarla. En su fantasía le quitaba los auriculares, la tomaba de la mano y delineaba cada uno de sus dedos con uñas cortas pintadas de color burdeos. Luego dibujaba el pequeño pliegue que se formaba entre sus pechos cuando llevaba escote. Un suspiro furtivo se escapó de su boca, cuando se dio cuenta abrió los ojos y descubrió que su mano se había extraviado en medio de sus propios senos. Dejó caer los párpados, recreando el roce una vez más.

«Como una buena tauro, te encanta eso de las caricias... y también los besos. Eres así de romántica y cariñosa», pensó, rememorando las palabras de una revista de prensa rosa.

Se juró que podría alcanzar el orgasmo solo con tocarla, porque le bastaba verla a lo lejos para sentirse inundada por el placer más inaudito. Regresó a la escena después de aquel inciso mental; la desconocida la miraba. Un escalofrío la sacudió de arriba abajo y esta vez fue incapaz de reprimir un gemido agudo que la arrojó a la realidad. Una de sus manos se había hundido bajo las bragas y acariciaba su intimidad al completo. El índice recogió la humedad de su entrada, desplazándola hacia su clítoris erecto por la excitación. En ese estado imaginó que se encontraría después de un hipotético primer beso. Imaginaba su boca...

«No exageras, a las tauro nos gusta tomarnos las cosas con calma», recordó. Lo había leído en un blog no hacía mucho.

La tela de las bragas le molestaba y pataleó mientras se las bajaba. Quería sentir —sentirla— sin nada de por medio. Y pensó que tras un beso de película aparecerían mágicamente en una cama como aquella, porque Tauro también es muy tradicional y prefiere la comodidad. Anhelaba todo lo que la desconocida representaba, pero en aquel momento en concreto deseaba su cuerpo con vehemencia. Se moría por saber cómo se sentiría sobre el suyo, piel contra piel, sexo contra sexo.

En su ensoñación no existían los límites y reprodujo la anatomía de la chica del tren sin reparos, esta vez sin nada de ropa. Solo sentía su peso encima y se balanceaba con una pierna entre las suyas y una lentitud desesperante.

Nuria se concentró en el movimiento de sus dedos y las caderas los acompañaron en un suave vaivén. En algún punto tanteó las sábanas, colocó la almohada entre los muslos. Se frotó como si allí estuviera la desconocida jadeando, acallando gemidos contra su boca. La sola imagen de la chica tan cerca, tan estimulada, tan dispuesta a excitarla disparó el clímax. Un estallido de placer nació en su clítoris e irradió todo su cuerpo. Entonces se movió todavía más fuerte y más rápido contra la almohada hasta que las sacudidas terminaron. Fue brutal, intenso, profundo.

Le costó recordar dónde se encontraba en realidad y una profunda decepción la conmovió al ser consciente de que estaba sola. Le temblaban las piernas, así que dejó que sus músculos volvieran a la normalidad con parsimonia sin retirar la mano de la humedad de su centro. Lo que sí funcionaba perfectamente era su vista, que se había posado en el periódico arrugado que yacía en el suelo. Gruñó ante la idea de que tal vez la oportunidad de tenerla enfrente no se repetiría.

El sueño estaba por vencerla cuando sonó el timbre. Se levantó como pudo, se puso las bragas y recorrió el largo pasillo de su piso. Todavía medio dormida, descolgó el telefonillo y, a pesar de que el micrófono del interfono no funcionaba, le bastó fijar los ojos en la pantalla para reconocer a la chica desconocida. Con la misma sonrisa que vestía por las mañanas mientras escuchaba música, agitaba frente a la cámara la cartera que Nuria no sabía que había olvidado en el asiento del tren.

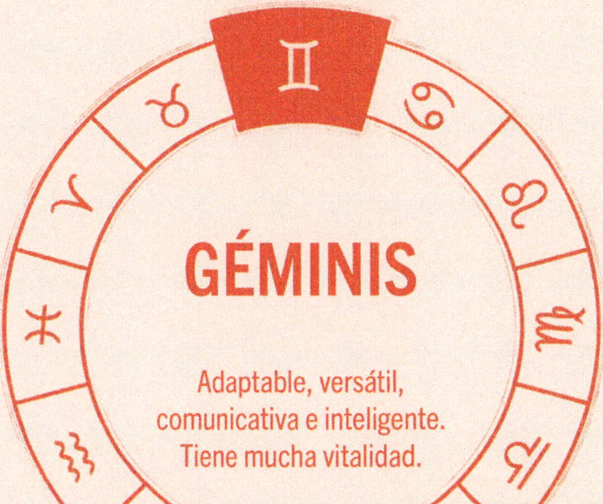

GÉMINIS

Adaptable, versátil,
comunicativa e inteligente.
Tiene mucha vitalidad.

REFLEJO

Tus palabras son claras y no dejan lugar a réplicas: «Jugaremos con mis normas: no vas a ver, no te vas a mover, no te vas a correr. Bienvenida, soy Géminis». Tu voz, a pesar de ser dulce, suena ronca.

Un antifaz de seda firmemente amarrado alrededor de mi cabeza ya me impide la visión y tus manos me aferran las muñecas contra la puerta de la habitación de hotel. Lo poco que he podido ver antes de que me cubrieras los ojos me ha resultado muy sugerente: paredes oscuras, luces *led* rojas y una silla frente a la cama.

Desde que he entrado, el corazón me golpea el pecho más fuerte por la expectación y la humedad comienza a empaparme las bragas.

Siento la calidez de tu aliento contra la nuca, me estremezco.

—¿Sabes cómo somos las géminis? —preguntas. Tu interrogante repta por mi interior y me envuelve en una hoguera. Se propaga desde lo más hondo de mi cuerpo, sus llamas hacen que me estremezca.

—Muy sexis —murmuro contra la madera de la puerta.

Me mandas callar y presionas tu anatomía contra mí. Puedo sentir tus pechos en la espalda, tu rodilla reclamando espacio entre mis piernas como si te perteneciera. Me gustaría decirte que soy mía y de nadie más, pero aquí, en esta habitación, soy más tuya que nunca.

—A Géminis le encanta probar cosas nuevas, le apasiona experimentar, juega con... —Tu lengua se desliza desde el lóbulo de mi oreja hasta la comisura de mis labios— los sentidos. Con tu cordura.

—Quiero que hagas lo que quieras conmigo.

Una risa suave inunda la habitación, mitad divertida mitad irónica.

—Ya lo sé. Para eso estás aquí, ¿no es así?

Asiento varias veces sin saber si tal vez he sido una imprudente. Pero se diluye en la excitación más pura, sin adulterar, que he sentido nunca.

—No te imaginas lo que dicen de las géminis: que somos superficiales, simples. Que somos manipuladoras. Cambiantes.

Se me acelera la respiración todavía más. Pienso en si ha sido buena idea y, como si pudieras leerme la mente, me muerdes el hombro devolviéndome a la realidad. Sigues hablando:

—Sin embargo, también dicen que somos flexibles y tenemos pocos prejuicios. Elegantes, versátiles, enérgicas, cariñosas...

Como si tus propias palabras hubieran calado dentro de ti, me tomas de la mano con una ternura desconocida y me haces sentarme en la silla que he visto al entrar. Está justo debajo de un foco y puedo ver a través de la tela un haz de luz rojiza. Recuerdo haber leído alguna vez que el color rojo sube la presión arterial y en este momento siento que no podría ser más cierto.

Dejo de escucharte, de sentirte cerca. Me impaciento. Y es entonces cuando una canción de *jazz* que no conozco comienza a sonar de fondo. Ya no puedo oír tus pasos, pero tu aliento en mi cuello dispara mi nerviosismo.

—Sé buena. Hemos dicho que no te moverías, ¿recuerdas?

—Lo recuerdo.

—No te ataré, pero tienes que prometerme que mantendrás tus manos aquí en la silla. Llevas mis manos a los laterales del asiento y siento el contraste del metal frío.

Luego intento dejar de adelantarme a los acontecimientos y solo siento. Me dejo llevar. Escucho más mis latidos que tus pasos, y un poco de la voz de Heather Newman en *Dirty Blues*. Noto el peso de tu cuerpo y sé que es tu trasero el que se está rozando contra mi intimidad. Te imagino bailándome con esa luz roja, contoneándote. Quisiera delinear cada una de las curvas que sé que tiene tu cuerpo, pero recuerdo las reglas.

Mantenerme quieta es la peor de las torturas y, aun así, reúno la fuerza de voluntad justa como para lograrlo. Solo un poco más. Pienso que mi recompensa está cerca y con esa promesa interna suspiro. Ahora nada y luego son tus senos los que se rozan contra mi rostro. Con el olfato potenciado por la ausencia de vista logro reconocer dos aromas distintos: tu perfume y tu humedad.

—*Dirty dirty blues...* —me cantas al oído.

La mezcla entre esencias y tu voz entonando el estribillo de la canción hace que cualquier cosa que no seas tú se esfume de mi cabeza. Dirijo las manos a tu cintura por instinto y gimo al sentir cómo tú también lo haces. Te lleva unos segundos darte cuenta de que he caído, pero eres rápida y me atrapas las manos contra el respaldo.

—No vas a ver, no te vas a mover, no te vas a correr —repites firme. Me pregunto si me lo recuerdas más a mí o a ti misma.

Y llega la revancha. Los movimientos de tus caderas en mi regazo se vuelven cada vez más intensos, más profundos. La música, en lugar de templarte, es energía que te remueve. Lo sé porque, aunque sigo sumida en la penumbra, puedo percibir cómo tu cuerpo se menea con cada nota. Cuando el estribillo suena de nuevo y tú lo tarareas contra mi mentón lucho primero contra mí misma para vencer mis deseos y luego contra tu agarre. Hasta que, de pronto, se afloja.

Lo siguiente que noto es cómo tus dedos deshacen el nudo del pañuelo que me cubre los ojos y, tras unos parpadeos para recuperar la visión, te descubro en la semioscuridad. ¿Sabes cuánto he esperado este momento? Y a pesar de ello, siento que es demasiado pronto. Quiero disfrutar más del juego porque cuanto más me alejo más te acercas tú y esto no puede terminar así de rápido. Sin embargo, por mucho que lo niegue, sí que conozco a Géminis, y por eso me sorprende y, a la vez no, tu siguiente movimiento. En el fondo sabía que tenías un as bajo la manga: tu reflejo.

Cuando al fin puedo verte, no te tengo delante. Lo que hay enfrente es un enorme espejo que replica cada uno de tus movimientos desde el respaldo de la silla. Sigues bailando al ritmo de la canción que ahora se reproduce en bucle, el mismo en el que me encuentro yo desde hace unos segundos. Y no es que no me quiera mover, que no muera por tocarte, es que la imagen que me devuelve el espejo es demasiado poderosa y todavía no puedo reaccionar.

En algún momento, mientras solo veía oscuridad, has aprovechado para deshacerte de tu ropa. El *look* casual de tejano y camiseta básica se ha transformado en un conjunto negro de lencería. Aunque solo nos ilumina un haz rojo que me recuerda al neón de los clubes nocturnos, soy capaz de reconocer la textura de tu ropa interior. El polipiel se adhiere a tu cuerpo como si hubiera sido confeccionado solo para ti, y unas tachuelas brillantes enmarcan los bordes de ambas prendas. El sujetador encorseta tus senos y las bragas altas potencian tu pronunciada cintura.

Cuando al fin recuerdo dónde estoy, alargo la mano en un amago por atraerte hacia mí, pero la interceptas a medio camino.

—¿Cuáles eran las normas?

—No voy a ver, no me voy a mover, no me voy a correr. Como la primera ha prescrito pensaba que también las otras dos —murmuro en un ronroneo tratando de convencerte.

—Muy astuta —dices en mi oído entre risa y risa—. Las normas irán desapareciendo... en orden y a su debido tiempo.

Entonces te pones frente a mí y al fin puedo verte sin artificios de por medio. Pero el espejo me ofrece una panorámica de tu trasero que no quiero rechazar. Nunca había pensado que el *blues* daría para tanto, y lo cierto es que tu cuerpo no deja de contonearse con cada nueva nota. Mi cuerpo también responde a la música, a ti. La ropa, el traje con el que he ido a trabajar, se siente como si me retuviera, y noto la camisa blanca adherida a mi piel anhelante de contacto. Pero me mantengo aquí, inmóvil, porque sé que harás que la espera valga la pena.

—¿Puedo desnudarme? ¿Va en contra de las normas? —pregunto con un atisbo de esperanza.

—No —lo gruñes contra mi boca acortando la distancia que nos separa y luego vuelves a tu posición.

A falta de alivio, me concentro en la imagen que me ofreces. Pienso en las clases de Historia del Arte que tuve en el instituto y recuerdo un concepto que me fascinó: escultura multifacética. Es así como se conoce a las obras escultóricas que pueden observarse desde cualquier ángulo y tú, ahora, pareces una de esas. Desde todas las perspectivas cualquiera podría darse cuenta de que fuiste cincelada a conciencia.

Te sueltas la coleta y una cascada de color obsidiana cae lacia hasta la mitad de tu espalda. Daría lo que fuera por tocar tu pelo, olerlo, sentirlo contra mi piel. No obstante, todo lo que obtengo es que cada vez te alejas de mí y te acercas al espejo. La frustración me recorre por dentro y, sin saberlo, alimenta todavía más mi deseo.

La enésima reproducción de *Dirty Blues* llega a su fin y aprovechas el *fade out* para rendirte. Te sientas a horcajadas en mis piernas y, a pesar de toda la tela que nos separa, noto lo caliente que estás. Tomas mis manos y las llevas a tus caderas para que sea yo quien te guíe ahora, como si quisieras darme todo el control que me habías arrebatado. La segunda norma acaba de caer.

Acompaño tus suaves embestidas sin poder evitar clavar las uñas en tus nalgas. Te voy atrayendo un poco más hacia mí con cada sacudida hasta que, al fin, te estás moviendo justo en el punto exacto. Al igual que si hubieras dado con las coordenadas precisas del lugar, profundizas. Tus movimientos son más lentos y se alargan todo lo que las caderas les permiten.

Echo la cabeza hacia atrás en un intento por aliviar, aunque sea un poco, el ansia por dominar más que el ritmo de tu cuerpo y descubro algo en lo que no había reparado hasta ese preciso momento. Un segundo reflejo. Un espejo tan grande como la cama de matrimonio imita nuestros vaivenes desde el techo y el baile que danzan es tan hipnótico que, por más que trato, me resulta imposible dejar de mirar.

En pleno ensimismamiento me tomas de la barbilla y me obligas a mirarte. Encuentro ternura en tus ojos y cariño en tu expresión, pero cuando vuelvo a ver arriba tu reflejo grita anhelo, poder, brusquedad. Esa dualidad me recuerda cómo te has presentado, Géminis. Y pienso que tu signo no podría ser más acertado. De algún modo que no logro comprender, tu versión real y la del espejo son distintas, como si estimulándome externa e internamente hubiera dos personas diferentes.

Sigues jugando con mi cordura, y mis gemidos, que se escapan sin permiso, revelan que ya no puedo más. Aprieto los muslos para controlarme, pero llega el punto de no retorno. Ya no puedo echar marcha atrás y siento cómo la excitación se acumula, escala y se concentra entre mis piernas. Había leído alguna vez que se podía alcanzar el orgasmo con el mismo roce de los muslos, pero nunca lo creí. Hasta ahora, que el placer explota desde mi clítoris y se expande por mi cuerpo como si no le hubiera permitido hacerlo durante décadas. Por mucho que haya intentado ocultar la tensión y la posterior relajación de mis músculos, además del grito que se me ha escapado, tú también te has dado cuenta. Me miras con rostro indescifrable y me mantengo quieta y callada mientras mi corazón recupera su ritmo habitual con parsimonia.

—Te has saltado la tercera regla —dices seriamente. Ni siquiera entonces dejas de interpretar tu papel como Géminis—. Eso te va a costar un buen castigo.

Nunca antes «un buen castigo» ha sonado tan dulce como en tu boca y, aunque el pronóstico de lo que va a suceder a continuación no es el más favorable, la excitación renace.

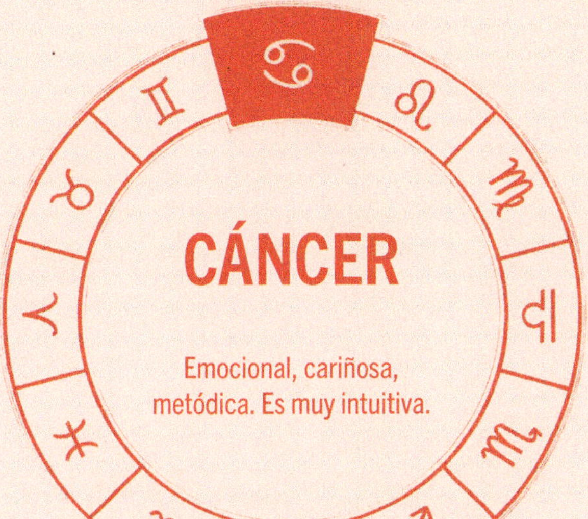

CÁNCER

Emocional, cariñosa,
metódica. Es muy intuitiva.

PUEDEN OÍRNOS

Lina ni siquiera tuvo que pulsar el *play* de la nota de voz que le había enviado su hermana; el modo de conducción que reproducía los mensajes automáticamente seguía activado, y para los pocos que le llegaban no se había molestado en cambiar los ajustes. Al escuchar su voz, cerró los ojos.

Se perdió las primeras frases mientras bendecía internamente el ventilador, que giraba a velocidad máxima bajo la escasa sombra en la que se resguardaba. Unos días en un *camping* en la montaña parecía el plan perfecto para mantener a su hijo de seis años entretenido, y en ese sentido no hubo fisuras. Pero no pensó en cómo sería para ella vivir una semana en una parcela minúscula a casi cuarenta grados y su móvil como única compañía. En las primeras veinticuatro horas se había quedado sin datos para ver Netflix y sin libros que leer. Ser madre soltera había sido todo un reto desde el principio, pero momentos como aquel, en los que solo debía permitirse relajarse y pasarlo bien, se sentía especialmente sola.

«... te gustaría. Yo sé que a ti te van otras cosas, como la cerámica y eso, pero tienes que probar las clases de *spinning*. Hablando de lo que te va: me he bajado una aplicación para hacer eso de la carta astral y no sabes lo que dice de las cáncer. Me he quedado a cuadros porque es como si te hubieran retratado, Lina. Lo de siempre: cariñosa, protectora, intuitiva, metódica. Que te gusta eso de estar tranquila en casa y te da seguridad. Y ojito, que cambias de humor fácilmente y eres desordenada. ¿Eres tú o no eres tú?».

Aquella pregunta resonó en su cabeza mientras reía por lo bajo. El horóscopo siempre le había llamado la atención, pero no tanta como para creérselo. Una suave brisa la animó a acomodarse mejor en la hamaca de tela en la que se había refugiado del calor del mediodía y el sueño comenzó a vencerla. Ignoró el zumbido de una mosca que revoloteaba a su alrededor, los gritos de los niños correteando, la soledad. Durante unos minutos voló lejos, muy lejos de aquel *camping*.

Al cabo de un tiempo notó un peso a sus pies y apenas se habían despegado sus párpados cuando se trasladó sobre su cuerpo. La sorpresa inicial se transformó en latidos desbocados al reconocer aquel olor. Se trataba de Susana, la maestra de su hijo. Desde el inicio del curso que ahora terminaba le había resultado atractiva y, durante las tutorías, le había parecido sentir una tensión no resuelta que ahora podía confirmar con hechos.

—¿Qué haces aquí? —susurró contra el aroma afrutado que impregnaba su cuello.

—No podía esperar hasta septiembre para verte otra vez.

Sus palabras quedaron selladas con un beso a mitad entre la necesidad más absoluta y el deseo por disfrutar cada segundo de aquel intercambio. Pero pronto comenzó a escalar, como lo habían hecho las temperaturas tan solo unas semanas atrás. Lina recordó la forma en que se reía habitualmente y ahora lo hacía contra su oído. Le provocó un escalofrío de esos que viajan a años luz y, en tan solo un instante, recorren cada terminación nerviosa.

En pleno duermevela, la profesora le subió el vestido ibicenco que llevaba y se desnudó también. Cada vez que pasaba por el colegio se preparaba como si fuera a acudir a la cita más especial de su vida, y en todas esas ocasiones la había visto y había deseado sentirla piel con piel. Era cálida, suave, y parecía adaptarse a la suya con una facilidad pasmosa.

—Quiero saber cómo te gusta —Susana murmuró contra su boca antes de lamer su labio inferior.

Ante aquellas palabras, los dedos de Lina se enredaron en la media melena castaña de la profesora. Con la humedad se le ondulaba y le fue fácil hacer que bajara la cabeza hasta el lugar indicado. Por si quedaban dudas, gimoteó y movió las caderas contra ella.

La mujer sintió cómo Susana apartaba la tela del biquini que llevaba debajo y luego nada. ¿La estaba observando? Se preguntó si estaría tan mojada como le parecía, si le importaría que no se hubiera rasurado en la última semana. Entonces notó cómo deslizaba la punta de la lengua por su pubis y se estremeció. Un jadeo escapó de su boca.

—Shhh... pueden oírnos.

Lina agradeció haber elegido una parcela relativamente escondida, y se mordió el labio para reprimir los gemidos que amenazaban con romper la tranquilidad en la que parecía estar sumido el *camping*. La boca de la profesora causaba estragos en su intimidad: le lamía las ingles, se deslizaba por su vulva de forma superficial y luego jugueteaba con su entrada. Le parecía más una tortura que el camino para alcanzar la cima, pero, aun así, se dejó llevar por aquella estrategia. Al poco, la lengua de Susana fue abriéndose paso en su interior. El mero hecho de pensar que allí solo habían estado sus dedos desde hacía varios años la hizo estremecer. Estaba estrecha, y la sensación de ir dilatándose poco a poco le pareció exquisita.

Las manos de Lina guiaban las embestidas con las que la profesora la penetraba, y las de ella habían subido a los pechos de la mujer. Zafándose de cualquier tela que había por medio, habían dado con sus pezones y los manoseaban para ponerlos todavía más duros. Iba a terminar pronto, solo le faltaba un poco...

«Lina, hola, soy Susana. Perdona las confianzas al escribirte por aquí, acabo de apagar el ordenador y me he acordado de que me pediste que te avisara cuando estuvieran las notas. Ya tienes el boletín del peque en conserjería para que te pases cuando puedas. Feliz verano, nos vemos a la vuelta».

Cuando Lina abrió los ojos no quedaba rastro de Susana. La pantalla del móvil estaba iluminada y en aquel chat de número desconocido se acababa de reproducir automáticamente el último mensaje voz recibido. Volvió a escucharlo en bucle, una vez tras otra, hasta que el orgasmo la atrapó de la misma forma en que lo hizo la fantasía de tener a Susana cerca.

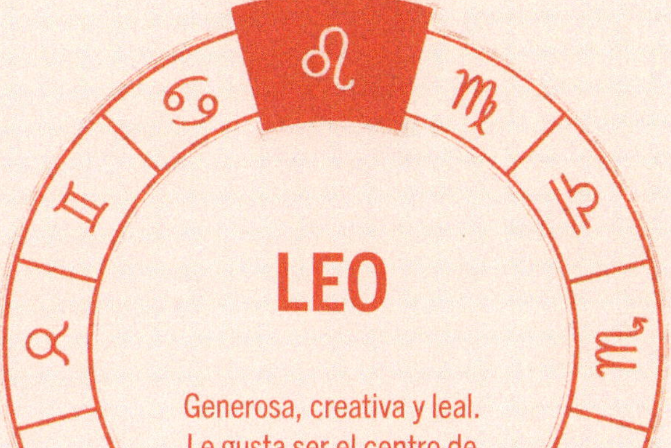
LEO
Generosa, creativa y leal.
Le gusta ser el centro de atención.

QUE LA TOQUE

Solo echaba de menos una cosa de Oslo: la temperatura. A Else el calor de la ciudad le parecía infernal, sobre todo para una mujer nórdica como ella. Agradeció que el aire acondicionado del teatro estuviera en funcionamiento y, antes de buscar el lugar al que debía acudir, se recolocó el vestido. Acto seguido, se fijó en las flechas que la guiaban al patio de butacas y dejó que sus pies la llevaran allí.

Se paró frente a un espejo que había de camino solo para asegurarse de que estaba todo en orden. El vestido azul celeste combinaba con sus ojos, su cabello dorado se enrollaba en bucles amplios y las tiras plateadas de los zapatos le rodeaban pies y tobillos. Retomó el paso y, al fin, llegó a un gran salón repleto de mesas redondas con un escenario al fondo. A su alrededor, las sillas estaban levemente iluminadas por lámparas de aspecto antiguo.

Tomó asiento en la mesa más cercana al escenario. Se preguntó en qué momento comenzaría el espectáculo, y si habría espectáculo, en primer lugar. Repasó mentalmente lo que la había llevado allí: una cita. Pero no una cita cualquiera, sino la cita que lo cambiaría todo. La que saldría bien. Después de más de una docena de encuentros fallidos con otras mujeres y, sobre todo, con su creciente deseo de compartir la vida con alguien más, recurrió a la astrología. Leyó mucho sobre el Zodiaco y llegó a la conclusión de que Leo era el signo con el que tenía más compatibilidad.

Encontrar a una leo así como así no fue tarea fácil al principio. Un par de amigas le habían hablado bien de una aplicación para ligar en la que el usuario debía colocar su signo zodiacal en el perfil, de modo que la búsqueda se simplificó en lo que dura un parpadeo. Durante un momento, al menos, porque luego se encontró con el reto de localizar a la leo perfecta entre un montón de leos.

¿Serviría cualquiera? Aquella pregunta le quitó el sueño durante un par de días. Finalmente se decidió por la respuesta: un rotundo no. Y para dar con la perfecta tuvo que hacer una selección que la llevó a aquel teatro.

Aprovechó los cinco minutos que le había regalado su extrema puntualidad para releer su perfil en la aplicación: «Leo hasta la médula. Actriz. Dicen que soy entusiasta, ambiciosa, generosa y peco de orgullosa, así que ve con cuidado. Me encantan las aventuras, las actividades al aire libre y el arte».

Su foto de perfil era un claroscuro en el que apenas se le veía el rostro, tan solo una silueta desnuda y de espaldas sobre un escenario. A juzgar por el lugar en el que la había citado, también carcomido por las sombras, el misterio tenía pinta de formar parte de aquella leo. Y a Else, como buena noruega, los misterios le fascinaban.

Al poco escuchó el repiqueteo de unos tacones sobre el suelo brillante del escenario. Esperó expectante hasta que vio aparecer, entre el telón, a una mujer casi tan blanca como ella con un vestido del negro más oscuro que había visto jamás. Apenas había terminado de observarla bien cuando habló:

—¿Eres Else?

Ella asintió.

—Ven conmigo.

La voz de su leo era mucho más grave de lo que creía. Sonaba inquieta, y a Else le contagió la premura. Tomó su pequeño bolso, subió los tres escalones que la separaban del escenario y se perdió entre las telas rojas. Vio por vez primera un teatro por dentro: bastidores, contrapesos y un montón de focos. Se dejó guiar más por el sonido de sus zapatos que por su figura perdiéndose entre telas oscuras y, a cada paso que daba, el corazón le latía más rápido. ¿Adónde la estaría llevando?

La respuesta no se hizo esperar. A pesar de lo que había imaginado, en el cartel de la puerta no ponía su nombre. Solo rezaba, con letras grandes, «Camerino 3».

Gracias al fluorescente que colgaba del techo y que salpicaba la estancia con una luz demasiado fría, pudo observarla con detenimiento. No había una sola sombra a su alrededor, ni siquiera en su mirada. El vestido negro le llegaba a los pies y, de tan vaporoso, poco dejaba intuir de su figura; pero el escote de barco enmarcaba sus clavículas. Los tirantes anchos acababan en la mitad del hombro y mostraban cómo sus brazos delgados pero tonificados se posaban sobre sus caderas. Sintió cómo sus bragas se humedecían ante el solo pensamiento de acariciarla.

—Bienvenida a mi hogar.

Miró a su alrededor. Era una habitación pequeña con un par de butacas, un tocador rodeado de bombillas y varios neceseres aquí y allá. De las paredes colgaban fotos en las que ella era la protagonista, pero también viejas entradas. En una esquina pudo ver un burro con varias prendas de todos los colores.

—¿Vives aquí? —El desconocimiento de Else por aquella nueva cultura, tan diferente a la suya, le jugó una mala pasada.

La mujer rio con suavidad y sacudió la cabeza.

—Prefiero esta casa a la mía. ¿Lo sientes? Es como si el teatro viviera en cada rincón de este edificio. A veces creo que si cierro los ojos y me concentro lo suficiente puedo escuchar los versos más famosos de *Hamlet*, *Macbeth*, *Otelo*. Soy una gran admiradora de las tragedias de Shakespeare, no puedo ocultarlo.

—A mí me encanta la ópera. En Oslo está la Casa de la Ópera y puedes caminar sobre el tejado. Desde allí se ven los fiordos, el centro de la ciudad y las montañas —explicó, tratando de estar a la altura.

—Nos llevaremos bien, Else.

«Ojalá», se dijo, y sonrió. Ella no era muy habladora y aquella leo parecía llenar todos los silencios incómodos en los que a veces se quedaba atrapada.

Dicho eso, la mujer acortó la distancia y le acarició la cara. A Else se le encendieron las mejillas y también el rincón entre sus piernas que, durante tanto tiempo, había permanecido abandonado.

—Sé que hemos hablado muy poco en la aplicación. Lo suficiente para saber si entre tú y yo podría suceder algo más que una conversación, porque esas las tengo a diario. —Hizo una pausa para tomar asiento en una butaca de terciopelo—. Quería que nos viéramos enseguida porque si esto no funciona, lo sabremos a tiempo.

—Me parece bien. Entonces descubrámoslo cuanto antes.

Else fue hacia la butaca y, pidiendo permiso a la mujer leo con la mirada, se sentó en sus piernas. Siempre le habían dicho que debía tomar más la iniciativa en lugar de ser tan pasiva. Esta vez se negó a serlo. Tal vez aquel era otro elemento que fallaba en sus citas y no quería volver a repetir los mismos errores.

Tomó su rostro con toda la delicadeza que le permitieron su respiración acelerada y su clítoris endureciéndose por momentos y la besó. Fue extraño y frío al inicio, pero tan pronto como la mujer entendió lo que estaba pasando, le correspondió el beso con tanta o más pasión que había entre Romeo y Julieta.

«Que no note la humedad entre mis piernas», pensó.

Y luego: «No, que la sienta. Que la toque».

Como si hubiera podido escuchar su voz interior, aquella leo deslizó las manos por su vestido sin miramientos hasta que dio con su pubis. Con una habilidad conmovedora encontró el punto de placer que Else tenía allí debajo y, pese a la tela, le arrancó un gemido gutural. Hasta oírlo no fue consciente de que aquella batalla parecía tener una ganadora, y ella era orgullosa a pesar de todo.

—Lo que he leído de Leo es evidente en ti —le susurró la noruega al oído justo antes de lamer la piel que había entre la base de su cuello y el lóbulo de su oído.

—¿Qué has leído, querida?

El tono que usó hizo que se derritiera un poco más.

—Eres el signo más dominante. Te gusta tener el control, y quieres sentir pasión. Eres un signo de fuego —volvió a decir contra su cuello, arrastrando cada palabra para que impactara en su interior.

Debió de funcionar, porque se arqueó como si así se estuviera rindiendo.

Antes de aquella cita Else se había informado largo y tendido acerca de las mujeres leo. Sobre cómo era su carácter, por supuesto, pero también acerca de sus preferencias sexuales y lo que les gustaba en la cama. Lo que pudo confirmar entonces, encima de aquella actriz ambiciosa, era que el juego había empezado desde que cruzaron sus miradas por primera vez.

Los susurros habían funcionado y solo tenía una oportunidad con esa leo, no podía fallar. La mujer se lo había dejado bien claro: «Si esto no funciona, lo sabremos a tiempo». En lugar de dejarse vencer por la presión, se envalentonó. Una osadía que no conocía se adueñó de ella por completo y, tras darle un beso lento, tomó la barbilla de la mujer e hizo que la mirase.

—Déjame adorarte como mereces. —Usó el mismo preciosismo que desprendía ella para seducirla, luego la besó.

Jugó con sus reglas y funcionó. Ella le dijo que sí con la cabeza mientras se mordía el labio. A juzgar por su expresión, estaba complacida con aquella petición. Else no sabría decir quién de las dos tenía más ganas: si ella misma de adorarla o Leo de ser adorada.

Abandonó el cómodo asiento que había encontrado sobre sus piernas y sintió frío, pero fue solo un instante. Se arrodilló frente a ella y, todavía con el vestido puesto, pudo oler su excitación. Aquel aroma solo logró que su deseo incrementase, así que colocó ambas manos en sus tobillos y subió por sus piernas. Nunca antes había acariciado una piel tan tersa. La sensación era cautivante y le costó poner fin a su viaje sensorial cuando alcanzó sus ingles. Para entonces el vestido estaba enrollado en sus caderas y Else tenía una panorámica exquisita del sexo de la mujer leo.

—No llevas bragas —expresó aquella obviedad con sorpresa.

—Tenía el presentimiento de que no las necesitaría. —Los labios se le curvaron en una sonrisa socarrona.

La noruega rio contra su muslo y lo mordisqueó. La mujer gritó por lo fortuito que había resultado aquel acercamiento, entonces supo que aquel era el camino. Sus dientes se arrastraron por la piel sedosa de la actriz dándose tiempo a ambas; una tregua antes de la batalla que estaba por librarse.

A cada minuto que pasaba las expectativas de Else se iban cumpliendo una a una. Leo era extrovertida, segura, poderosa. La confirmación de que lo que había aprendido era cierto le dio un chute de confianza. Y aprovechó hasta la última gota. Colocó las manos en las rodillas de la mujer para que no cerrara las piernas y se zambulló en su intimidad húmeda.

La forma en que aquella leo se arqueaba con cada lamida revelaba que estaba en este mundo para expresarse con su cuerpo. A Else le pareció que esos movimientos tenían un cariz de teatro y, por qué no, también de las tragedias que hay en las funciones. No, no era una mujer cualquiera, no era una leo cualquiera, y en ese momento de la noche lo supo. Cómo no iba a comerse el escenario si dejaba que Else se la comiera a ella de aquel modo.

Mordisqueaba su monte de Venus, sus labios mayores, sus ingles, y luego llevaba a cabo un exhaustivo control de daños con la lengua. Le rodeó el clítoris con la boca y succionó levemente, atenta a todas las reacciones con las que su cuerpo la alimentaba. Eran alentadoras y, en cierto modo, adictivas. Habían logrado comprenderse sin palabras, solo con acción y reacción. Con mordisco y gemido, lametón y contoneo. La mujer atrapó los bucles de la noruega entre los dedos y los constriñeron con fuerza para marcarle el ritmo. El orgasmo debía de ser inminente, por eso ella siguió cada una de sus instrucciones y se esmeró en recorrer su sexo de abajo arriba.

Entonces, dos golpeteos en la puerta le recordaron a Else dónde se encontraba: en el camerino 3 y no bajo las luces de un teatro. Al igual que lo haría en una escena ensayada mil veces, se irguió y se puso en pie. Miró a su cita contrariada pero resignada.

—Es hora del ensayo —dijo.

—¿Nos volveremos a ver?

—«Sabemos lo que somos; pero no lo que podemos ser» —mientras hablaba, abrió un cajón del tocador y sacó una prenda—, quinta escena del cuarto acto, *Hamlet*.

Tomó la tela y colocó su ropa interior en la mano derecha de Else, que la miraba como si la hubieran sacado a rastras del mejor de sus sueños.

—Ahora debes irte, pero nos volveremos a ver —aseguró—. Me debes algo más que las bragas: tu placer.

VIRGO

Discreta, organizada,
perfeccionista y minuciosa.
Le gusta planificar.

TODO VA BIEN

Necesitaba dormir ocho horas como mínimo y, justo aquella noche, Nerea no había pegado ojo a pesar de su ritual infalible para conciliar el sueño. Una rutina nocturna de autocuidado, su infusión de lavanda y melisa y nada de pantallas, por lo menos, dos horas antes de meterse en la cama. Sin embargo, era como si la sensación de relajación que habitualmente le regalaba todo aquel proceso no hubiera surtido el más mínimo efecto.

Llevaba varias madrugadas en vela y estaba segura de que se debía a tres asuntos que le rondaban la cabeza. El primero: aquel 29 de agosto sería el culmen del proyecto en el que llevaba trabajando los últimos meses, la organización completa de una boda. Además, aquella era la primera. Cumplir los cuarenta no había sido nada fácil, y menos todavía decir adiós a su vida de oficina como secretaria del jefe en una multinacional para darle un giro a todo. Entonces se había apuntado a un curso de *wedding planner* con el que pretendía reinventarse y volver a sentir que lo que hacía tenía valor. Al menos para ella.

El segundo asunto: sus conejillos de indias eran sus dos mejores amigas. Las únicas personas que habían permanecido en su vida sin importar el paso del tiempo. Ellas habían confiado en Nerea desde el principio: «Organizada, meticulosa y perfeccionista, como buena virgo. No nos imaginamos a una mejor *wedding planner*, ni tampoco a nadie más que vaya a preparar nuestra boda como tú lo harás», le habían dicho. Y eso, por mucho que intentara mantenerlo en un rincón oculto de su cerebro, le hacía sentir demasiada presión. Eran sus dos personas favoritas del mundo y aquel su gran día. Nada podía salir mal. Pero, mientras sonreía y daba la bienvenida a los invitados con un leve asentimiento de cabeza a medida que llegaban, recordó su mantra para aquel día: «Todo va bien».

El tercer asunto: iba a encontrarse con gente a la que no veía desde hacía, por lo menos, veinte años. Tal vez con una persona que a punto estuvo de ser un casi *algo*. Tener acceso a la lista de invitados conllevaba la ventaja de poder prepararse, pero no se sentía con fuerzas para enfrentarlos en ese estado de nervios y en plena fase de cambios. Siempre había imaginado que, cuando se produjera el reencuentro, estaría casada, con familia y feliz. Sin embargo, entonces su impostora hablaba más alto que nunca. ¿Estaba preparada de verdad para ocuparse de una boda? ¿Y si algo salía mal? ¿Cómo se enfrentaría a un contratiempo?

Un cartel de madera envejecida con letras en tiza la invitaba a inmortalizar el momento en el fotomatón que unas horas antes se había ubicado en el jardín. El resto de la casa estaba decorado al más puro estilo *boho chic*, con luces y flores secas que colgaban del techo y centros de mesa que desprendían un exquisito olor a eucalipto. Apartó la cortina que cubría el cubículo de arriba abajo y tomó asiento en el taburete. La pantalla mostró su reflejo con menos nitidez de la que esperaba, pero, aun así, pudo ver su rostro salpicado por los nervios. Se había hecho una trenza perfecta y llevaba un mono del mismo verde del bosque que rodeaba el lugar de la celebración. En la pantalla se veía un pedacito de la carpeta que llevaba consigo desde las seis de la mañana con el *timing* del día hora a hora. Se sonrió y pulsó el botón para capturar una instantánea. Se oyó el sonido del revelado, confirmando que el fotomatón funcionaba correctamente y estaba listo para que lo usaran los invitados al enlace.

«Todo va bien».

Estaba escondiendo un mechón que se escapaba de la trenza cuando alguien le habló desde fuera.

—No has cambiado nada. —Una risa ligera acompañó aquella sentencia.

Nerea reconoció al instante a la dueña de la voz, pero no supo qué le había molestado más, si que ella emitiera aquel juicio, lo que la frase significaba a pesar de sus intentos por evolucionar o que lo dijera de forma burlona.

Era de esperar viniendo de ella. El capítulo 12 del manual de *wedding planner* sobre cómo dirigirse a los invitados había desaparecido de la memoria de la mujer cuando apartó la cortina con fastidio.

Nunca lo reconocería si alguien le preguntara, pero al verla se quedó helada. No había visto a Zoe en una década y ella sí que había cambiado. Le gustaba, más de lo que le querría confesar. Atrás había quedado su época rebelde: el pelo teñido de rojo y su habitual estética que parecía recién salida de un videoclip de My Chemical Romance. Era ella, pero, a la vez, alguien completamente diferente. Tiempo atrás habría puesto una mano en el fuego por que jamás se pondría un traje, y mucho menos de esa manera. Llevaba un conjunto de chaqueta y pantalón alto azul marino con raya diplomática. No había nada debajo, tragó saliva al notarlo y le dio la impresión de que se ruborizaba. Sus senos estaban cubiertos a duras penas por la solapa de la americana, que le quedaba lo bastante entallada para que la figura de su cuerpo se intuyera a la perfección.

—Tú pareces otra, pero con las ganas de tocar las narices de siempre —le dijo Nerea al descubrir que sostenía la tira de fotos del fotomatón y se la quitó de las manos.

«Todo va bien», se repitió.

Zoe rio y hasta aquel sonido parecía nuevo. Nerea sintió una inevitable curiosidad sobre qué habría sido de su vida en los últimos nueve años, porque sí, el cambio le llamaba la atención. Se permitió admitirlo. Estaba a punto de terminar su segundo curso de Filosofía cuando tuvieron una especie de cita que no acabó bien. La mujer había pensado en ello a menudo, en cómo le dijo, con rotundidad absoluta, que a ella le gustaban los hombres. Rompió el corazón de Zoe y un poco de su valentía al mismo tiempo. Demasiadas veces había querido rebobinar y confesarle que también le gustaba, aunque ella disfrutara molestándola casi siempre.

—Sigue siendo igual de divertido sacarte de tus casillas.

Una mezcla entre indignación y excitación la recorrió por dentro como si fuera la emulsión perfecta. La reconoció. Era lo mismo que sintió en los primeros semestres, cuando se escondía de ella entre los pasillos de la facultad y aun así no quería dejar de encontrársela en cada esquina.

—¿Sabes? Han pasado muchos años, Zoe.

Ella ladeó la cabeza con un gesto divertido y, como sin pensarlo siquiera, tomó el cuello de Nerea y se acercó para besarla. La mujer se resistió unos instantes, pero luego una voz, ignorada demasiadas veces, le dijo que era lo que siempre había querido. Tomó a Zoe por las solapas de la chaqueta y la atrajo hacia sí. Le mordió el labio inferior al tiempo que sentía cómo sus barreras se rompían una a una. A eso le acompañó su cuerpo que, lejos de ser el de una adolescente, se comportó como tal. Su ropa interior se humedecía por momentos, su corazón latía como si nunca hubiera besado a nadie, su boca no podía separarse de la de Zoe.

Fue la mujer trajeada la que, con un siseo, apartó a Nerea.

—Shhh... —le dijo cuando la *wedding planner* estaba a punto de gemir—. Si es verdad que has cambiado tanto, vuelve aquí en tres horas.

Pasaban unos minutos de la medianoche y no había ni rastro de Zoe cerca del fotomatón. No fue hasta que miró el reloj una vez más que fue consciente de lo que acababa de ocurrir: en aquel lapso de tres horas había acontecido lo que llevaba preparando durante meses y cada pequeño detalle había sido ejecutado a la perfección. Y todo eso sin darse cuenta, sin un ápice de nervios. ¿Dónde había quedado la Nerea maniática, controladora, la que no se permitía fallar ni una vez? Dio con la respuesta de inmediato: embrujada por aquella chica de traje de raya diplomática que la hacía enloquecer como si no hubiera pasado el tiempo.

La *wedding planner* se decía —y decía— que se había convertido en otra mujer, una bien distinta a la de la universidad. Una que nunca habría dejado la carrera de Filosofía, no habría ocultado su verdadera orientación sexual y habría disfrutado de la libertad. Pero lo cierto es que ahí estaba, con el corazón desbocado por Zoe igual que entonces.

«Todo va bien».

Su mantra comenzaba a perder efecto y el subidón inicial de lo bien que estaba yendo la boda se diluía. ¿Y si no se presentaba? ¿Y si solo había querido fastidiarla como antaño? La perspectiva de que aquel beso hubiera sido una farsa le causó vértigo.

—Me encantaría decirte que te he hecho esperar a propósito, pero no podía quitarme de encima a una chica que intentaba ligar conmigo desde la despedida de soltera. A la que no viniste, por cierto —añadió Zoe acusándola con un dedo.

—No son lo mío.

—¿Ves como no has cambiado?

Nerea sintió el peso insoportable de ser la misma chica miedosa de entonces, de no haber evolucionado nada. A punto estuvo de darse media vuelta y fingir que comprobaba cualquier cosa en su carpeta, pero eso sí que sería hacer lo que se esperaba de ella. Huir.

Su siguiente movimiento sería el primer paso hacia el nuevo camino o el regreso a la senda anodina de siempre.

Miró a su alrededor: las novias bailaban *country* en el centro de la pista como si estuvieran solas, las bombillas guiaban a los invitados en la oscuridad y un cartel de neón colocado a la entrada le recordaba que aquel día jamás volvería a repetirse. Así que tomó la mano de Zoe, apartó la cortina y la empujó al interior del fotomatón.

Era un espacio demasiado pequeño y el taburete estorbaba. Por lo menos el terciopelo las cubría de pies a cabeza. Se las apañó para colocarse frente a ella y besarla con las ganas acumuladas de demasiados años. Con todos los «¿y si...?» haciendo cola, uno por uno. Aunque la pilló desprevenida, Zoe reaccionó enseguida: tomó su trenza y se hizo con el control del beso. Cuando la mujer intensificaba el contacto, ella tiraba con suavidad para apartarla y luego la buscaba. Era una lucha cuerpo a cuerpo por el poder, pero Nerea acababa de decidir que aquella noche ya no lo quería.

Soltó internamente la tensión contenida y se sintió más ligera. La excitación se adueñaba de ella, llenaba todos los espacios. Ya no quedaba hueco para nada más.

—Siempre he sabido que era esto lo que querías —murmuró Zoe contra su cuello—. Y seguro que tú también sabías que yo te quería a ti.

Se miraron antes de unir sus labios una vez más en una promesa muda y luego todo se volvió físico. Nerea metió las manos bajo el elástico de los pantalones de la chica trajeada, provocándola. Ella no tardó en darse por aludida y le bajó los tirantes del mono que, por la caída del tejido, se deslizó hasta sus pies. El sujetador de la *wedding planner* desapareció sin que se diera cuenta entre que le quitaba los pantalones y se resistía a hacer lo mismo con la americana. Había algo enormemente estimulante en la chaqueta, en sus pechos desnudos, en que tuvieran sexo así, con ella puesta. Tan solo metió los dedos debajo para arañárselos y arrancarle un pequeño grito.

El deseo que sentían la una por la otra era magnético cuando estaban en la universidad y con el paso del tiempo había crecido.

Se había ido gestando en ambas sin que se dieran cuenta, el reencuentro hizo que detonara. Sus cuerpos sudorosos se acoplaban en aquel metro cuadrado de manera asombrosa y pronto fueron una. Zoe llevó las manos a las bragas de Nerea y, sin apartar la tela siquiera, comenzó a tocar justo donde lo necesitaba. La mujer se limitó a dejar caer su peso en la entrepierna de ella. ¿Su radar? Los gemidos que liberaba una vez tras otra.

Solo escuchar un jadeo demasiado alto le recordó dónde se encontraban. El fotomatón, la boda, el *timing*.

—Podría venir cualquiera de un momento a otro —susurró, pero no detuvo las embestidas contra su sexo.

—Y aun así quieres seguir aquí conmigo.

Lo dijo con una voz cargada de ansia, de fuego, de flaqueza. Durante la universidad, Nerea le dio vueltas a cuál podría ser el punto débil de su provocadora amiga para devolverle cada una de sus jugarretas, pero nunca se le había ocurrido que, tal vez, su debilidad ella era. Aquella revelación avivó la llamarada que sentía en su centro y también en todas partes hasta que fue imposible detenerse.

Ya no recordaba ni quién era ni quién había sido. El pasado se redujo a cenizas y el presente se veía borroso. Únicamente podía centrar su atención en Zoe, en el vaivén de sus senos enmarcados por las solapas, en cómo clavaba los dientes en su piel ante el inminente orgasmo y en que se arrojaba al suyo.

La pantalla del fotomatón se había empañado cuando pulsó el botón para fotografiar con una de sus nalgas. Se había olvidado hasta de dónde estaba al sentir el *flash* automático que se activaba cuando había luz insuficiente, pero eso no la detuvo. Se echó sobre Zoe y sintió que iban a una. Su muslo le sostenía la mano a ella y cada embestida hacía que se estimulara con sus dedos.

No quería poner fin a aquello y, aun así, sabía que todo tiene un final. La *wedding planner* habría dado lo que fuera por que lo que se inmortalizara en aquel cubículo fuera el tiempo y no una instantánea, pero el clímax llegó. La azotó igual que una tormenta en verano, arrasando y abrasando todo a su paso. Contuvo un último gemido largo y lento, luego impidió que Zoe gritara tapándole la boca con los labios.

Se vistieron en silencio, hasta que Nerea alargó la mano y recuperó una tira de fotos borrosas con mucha piel desnuda. Se rieron y la mujer recordó la otra cara de la moneda: esos momentos en los que compartían confidencias. El *country* se había transformado en canciones lentas y, todavía con la piel erizada y la respiración acelerada, le costó distinguir la voz de una de las novias, que parecía acercarse al fotomatón.

—¿Hay alguien ahí? Llevas mucho rato.

—Soy yo, ¡todo va bien! —improvisó Nerea. Esperó a que sus pasos se alejaran para encarar a Zoe—. ¿Todavía crees que no he cambiado nada?

LA PRINCESA DEL ZODIACO

La mujer la miraba y, aun así, ella no se daba por aludida. Sí, estaba desnuda y se masturbaba con ganas frente a ella, no dejaba de gemir y su sexo estaba húmedo e hinchado... pero necesitaba más. Érica miró la pantalla del portátil y le avergonzó un poco descubrir en el reflejo que su mano estaba perdida bajo el pantalón del pijama. Una cosa era hacerlo y otra verse haciéndolo, a pesar de que los dedos no se movieran un ápice contra su intimidad. Suspiró y cerró la pestaña en la que todavía se estaba reproduciendo el vídeo porno, rendida.

Con un poco de torpeza, escribió en el buscador con la mano izquierda las cuatro palabras que llevaban meses resonando en su cabeza: «La Princesa del Zodiaco». El corazón comenzó a latirle fuerte cuando aparecieron los resultados. Pulsó el primero. Entró en la plataforma de *streaming* que se había prometido no volver a visitar y, con cada segundo que pasaba, los nervios se apoderaban más de su cuerpo. Su índice, suspendido sobre su clítoris, de pronto podía palpar mucho calor y algo de humedad. Bastó la sola idea de verla de nuevo para apretar el gatillo de su excitación.

Cuando la página terminó de cargarse, apareció. La Princesa del Zodiaco vestía un corpiño azul marino de terciopelo, salpicado por estrellas y constelaciones bordadas. Las bragas iban a juego y Érica supo que la retransmisión acababa de empezar porque todavía las llevaba puestas. El pelo rojizo le llegaba a la altura de los hombros y enmarcaba de un modo casi divino su rostro sonriente repleto de pecas. Estaba recostada en una cama con un edredón mullido, jugueteaba con el cable de los auriculares.

—¡Sigue entrando gente! Bienvenidos, amantes del Zodiaco. Es todo un honor teneros en mi palacio —dijo, e hizo una reverencia.

Su voz era igual de dulce que su aspecto y a Érica le provocó un escalofrío. Parecía como si le hablara solo a ella. El latigazo que sintió entre las piernas la impulsó a hacer un pequeño donativo, entonces vio cómo un dibujo de una hucha que había debajo del vídeo se iluminaba.

—Muchas muchas gracias, eres excepcional —susurró la Princesa del Zodiaco mientras miraba directamente a cámara con una sonrisa angelical.

Aquella frase se le clavó dentro. Había intentado no volver a verla con todas sus fuerzas, porque la frecuencia con la que visitaba a aquella pelirroja que se conectaba las tardes de los días pares seguía aumentando. Sin embargo, sus palabras eran un bálsamo. ¿Cómo podría haber algo de malo en ello si se sentía así de bien?

El resto de los visitantes donaban poco a poco y, también con lentitud, la actitud de la Princesa fue pasando del encanto a la excitación. Un montón de comentarios llenaban el chat, pero ella era más silenciosa. Le gustaba limitarse a observarla para poder concentrarse en cada pequeño detalle, que capturaba como si debiera atesorar. Incluso en la vida real, mientras esperaba al autobús o se hacía un café para desayunar, pensaba en ella. ¿Cómo se llamaría en realidad? ¿Qué haría por las mañanas? ¿Cuál sería su película favorita? ¿Le gustarían las mujeres?

Érica imitaba cada uno de sus movimientos frente a la cámara y jugaba a imaginar que lo que sentía no era su piel, sino la de la chica que se escondía tras la pantalla. En ocasiones le bastaba con su voz, su mente rellenaba el resto de huecos, y sus dedos se volvían ágiles contra su sexo. Dos de ellos atrapaban el clítoris jugueteando con él hasta que el placer era inminente, entonces, se obligaba a parar. Al abrir los ojos, la pelirroja estaba más desnuda que la última vez.

Las tardes en la plataforma de *streaming* se le hacían infinitas; se empujaba al orgasmo y luego se apartaba del abismo, una vez tras otra. No recordaba en cuántas ocasiones había tenido el clímax casi entre los dedos y lo había dejado ir. Al fin, cuando el cielo se oscurecía y la Princesa del Zodiaco decía que el espectador que hiciera el mayor donativo accedería a una sala privada, competía con cualquiera para que fuese el suyo.

Las tres últimas veces no fue tan afortunada, pero aquel día haría todo lo posible por ser la elegida. Cuando llegó el momento, comenzó a donar y envió cifras altas en varias ocasiones. Leyó la frustración de otros espectadores en el chat y, antes de que se diera cuenta, la plataforma la estaba enviando a la sala privada. La retransmisión se cortaría para el resto y ella sería la única que vería cómo la chica llevaba al límite su placer.

Supondría otro mes sin poder darse de alta en el gimnasio y sin caprichos, pero valdría la pena. Y lo confirmó cuando la Princesa del Zodiaco apareció de nuevo en la pantalla y comenzó a deshacer el lazo de su corpiño.

Érica se fijó en el cuidado con el que liberaba las ataduras, una por una. Parecía como si no tuviera prisa.

—Me alegra que nos encontremos de nuevo, mi libra favorita —aseguró contra el micrófono—. He visto tu nombre entre los espectadores. Hacía días que no sabía de ti, te echaba de menos —añadió con un puchero.

Érica sintió mariposas en el estómago y escribió en el chat con impaciencia:

«Yo también te echaba de menos. He estado un poco ocupada».

Mintió, pero ¿cómo podía decirle que mantenerse alejada de ella había sido su intento por vencer las ganas de traspasar la pantalla? Intento que terminó en derrota, claro estaba. Pero si aquello era el fracaso, pensaba, bendito fracaso. La tez pálida de la pelirroja estaba surcada por sombras y haces de luz causados por la lámpara, y con cada movimiento de sus caderas contra la punta de un dildo realista el aspecto de su piel cambiaba. Lo había incorporado al juego a media tarde, cuando el sol se estaba poniendo y un rayo rojizo acariciaba parte de su cuerpo. El chat se había caldeado de repente y un montón de participantes dejaron de ser respetuosos. Ahora Érica podía ver cómo sus labios íntimos rodeaban el juguete y jugaban a atraparlo y a expulsarlo. Sus senos, recién descubiertos por el corpiño, se balanceaban también con los pezones erguidos.

—La última vez te dije que las libra sois de mis favoritas. Encantadoras, sociables, idealistas, pacíficas y románticas. Os gusta la belleza y la armonía... —El dildo entró un poco más y ella gimió en medio de la frase—. Os encanta el placer.

«Hasta ahora creo que has acertado con todo».

La mano de Érica temblaba, igual que todo su cuerpo. Tuvo que borrar y volver a escribir varias veces para que fuera inteligible. Había perdido la noción del tiempo, del espacio y de sí misma. Tan solo podía mirar la pantalla y moverse contra su mano, ya mojada, bajo el pijama.

—Dime por qué letra empieza tu nombre. Ya nos hemos masturbado juntas muchas veces, ¿no crees que merezco saberlo? —De nuevo, aquel puchero que acababa con el ápice de cordura que a ella le quedaba dentro.

«Está bien».

—Comenzaré a acariciarme desde el cuello mientras digo cada letra y tú me pararás cuando llegue a la tuya. ¿Te parece bien?

Acto seguido y, sin esperar a que ella contestara, la pelirroja comenzó a trazar una línea invisible desde la base de su largo cuello. Las yemas de sus dedos serpenteaban cuerpo abajo, como si tuviera su propia topografía. Pensó que podría estudiarla y crear su mapa particular, ampliando el que ya tenía de ella en su cabeza.

—A, be, ce —recitaba cada letra con parsimonia, parándose en distintos puntos estratégicos. Gemía entre sonido y sonido—. de, e...

Estaba justo sobre su ombligo.

«Para».

—¿Es la e? Te pega. Apuesto a que hoy hubieras preferido que tu nombre empezara por zeta.—Rio suave y miró a cámara otra vez—. ¿Sabes? No te conozco, pero siento que sé mucho sobre ti.

«¿Ah, sí? ¿Como qué?».

—Te va experimentar, libra con e. Quieres que cautiven tu mente, eso sí. Que jueguen un poco con ella, que no te lo pongan tan fácil. —Sin previo aviso, su mano empujó el dildo y se deslizó en su interior. Profirió un sonido gutural y se arqueó por completo. Le llevó unos segundos volver a mirar a la pantalla para leer la respuesta.

«¿Qué más?».

—Necesitas que exista una conexión, ¿no es cierto? —La princesa del Zodiaco se acomodó mejor. Apoyó la espalda en el cabecero de la cama y se aseguró de que en la cámara se veían sus piernas abiertas y también su rostro. En su mirada se entremezclaban picardía e intensidad—. Y cuanto mayor sea, más placer sientes. Por eso estás aquí.

La mujer se sintió descubierta. Por un instante olvidó que estaba resguardada por una pantalla, en la oscuridad de su dormitorio. Olvidó que la opción de bajar la tapa del portátil existía. Si había una realidad, era aquella en la que estaba hablando con la pelirroja.

«Tocada».

—Hazlo conmigo, libra con e, estoy a punto. —Sus palabras ahora sonaban cargadas de necesidad. Gimoteó mientras esperaba contestación.

Érica estaba absorta. No había nada que pudiera sacarla de aquel estado de trance, nada más allá de la voz y los gestos de la chica. Se movía como si lo hubiera hecho miles de veces y, al mismo tiempo, conservaba una inocencia que la cautivaba.

«Yo también estoy a punto».

Le gustaba cómo se sonrojaba cuando estaba cerca del orgasmo y la forma en que sus piernas temblaban sin control. Se lo había memorizado y sabía qué pasaría y cuándo. Así que al ver cómo sus músculos se contraían, ella metió también la otra mano bajo el pantalón para acelerar el proceso y acompañó el vaivén, como si no fueran sus dedos los que rozaban su clítoris en bucle, sino el sexo de la Princesa del Zodiaco. Érica gimió en cuanto la chica lo hizo y, esta vez, se arrojó al clímax. Aunque nunca había saltado en paracaídas, pensó que la sensación que se adueñó de ella entonces debía de parecérsele mucho.

Quería seguir mirando la pantalla, porque cada músculo de la pelirroja se tensaba, pero sus ojos se cerraron sin más. Le pareció ver un cielo estrellado bajo los párpados y cada una de las estelas de luz que formaban parte de aquel panorama se propagaron por su anatomía. Apenas había recuperado el aliento cuando escuchó la voz de la Princesa del Zodiaco.

—¿Libra? ¿Sigues ahí? —Le costaba hablar y sus piernas todavía se sacudían con los restos del orgasmo.

«Ha sido espectacular. Gracias».

La chica sonrió complacida y, aún con el pecho subiendo y bajando, se sentó sobre la cama y miró al objetivo de la *webcam* una última vez.

—Gracias a ti. Me dijiste que vivimos en la misma ciudad, ¿te gustaría tomar algo un día?

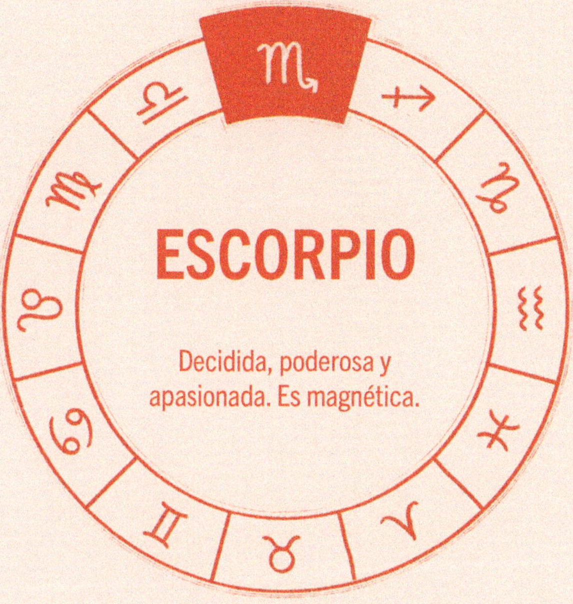

ESCORPIO

Decidida, poderosa y
apasionada. Es magnética.

VIAJE ASTRAL

Desde aquella cafetería tenía una panorámica excelente. Podía ver a Melanie trasteando con la caja registradora, colocando la cesta de madejas de lana o incluso haciendo inventario. A excepción del almacén, no tenía más ángulos muertos. Con tantas cristaleras en la tienda y unos cuantos rumores, el pueblo se había encargado de airear la historia de la dueña.

Llegó hacía menos de un año y, a los pocos días, estaba desempolvando lo que fue una tienda de víveres una década atrás. Hizo las reformas necesarias hasta transformar el local en una moderna tienda de labores que también ofrecía cursos para iniciarse en el bordado, el *tricot* o el *patchwork*.

Pero había algo más: también se encargaba de la sección de astrología de la revista mensual del pueblo. Desde su llegada, las vecinas cambiaron el cotilleo por extensos debates acerca de la etapa astral en la que se encontraban y si las predicciones que Melanie había escrito el mes pasado habían sido acertadas. Al principio, todo el pueblo sintió hostilidad y recelo por ella, pero al conocer sus habilidades —con la bordadora, pero también con los astros— se había ganado el respeto de todo el mundo.

A Isabel, sin embargo, le despertaba algo diferente: una curiosidad desmedida. No se lo explicaba. Trató de vencer su repentino interés, pero, el día de la celebración por la nueva apertura, sus pies la llevaron a la tienda de labores.

Fue la primera vez que la tenía tan cerca —hasta entonces solo la había observado de lejos— y se dio cuenta de dos detalles. Ni era tan joven como pensaba ni era del país, tenía un deje que no logró identificar. Debía de ser más o menos de su edad y era morena, de pelo largo y lacio, y con los ojos más azules que había visto jamás. Su cuerpo estaba hecho de curvas que le encantaría recorrer y sus manos parecían tan habilidosas con las agujas de tejer que el pensamiento de qué más haría así de bien se instaló en su cabeza para quedarse.

Aprovechando el descuento por la inauguración y completamente fascinada por la novedad que era Melanie, Isabel se apuntó al curso inicial de ganchillo. Y debía ser sincera con ella misma: las manualidades siempre habían sido su punto débil. Aun así, creyó que era una oportunidad de oro para conocer mejor a la morena, entrar en su mundo y ver qué era eso de la astrología.

En la primera clase, Isabel estaba tan nerviosa que enredó la madeja con la que tenía que practicar el nudo de inicio. Melanie fue paciente, atenta y parecía sentir cierta predilección por ella, o esa fue su sensación. Le prestaba más atención y, a pesar de que a veces retrasaba al resto, le daba el tiempo necesario para que avanzara a su ritmo.

Aparte de estar cerca de la dueña de la tienda de labores, Isabel se dio cuenta de que el ganchillo le ayudaba a desestresarse, así que volvió semana tras semana hasta completar el curso y también una bufanda. Por no hablar de que ya había reservado cita con una astróloga especialista en carta natal, pues Melanie aprovechaba los consejos de costura para hablar de mercurio retrógrado, de cómo podía llegar a afectarles la luna llena o de lo importante que era conocer los detalles de su carta astral.

Aquella tarde, en la cafetería, Isabel seguía con su nueva afición mientras observaba por la cristalera. El posavasos requería más esfuerzo de lo que pensaba, pero no iba a rendirse. No si el ganchillo era su excusa para seguir en contacto con Melanie.

El atardecer se cernía sobre el pueblo y ella apuró el café con leche antes de echar un último vistazo al interior de la tienda. La morena se veía especialmente nerviosa aquella tarde. Dejaba tareas a medias u olvidaba algún hilo en el mostrador con más frecuencia de lo habitual.

Isabel recogió sus cosas, pagó y echó a andar hacia la tienda de labores, el corazón se le aceleraba con cada paso. Se había vuelto adicta a aquel subidón. En cuanto llegó, todavía con el posavasos a medias en la mano, se fijó en un recorte de revista que había en el cristal. Melanie solía colocar allí su sección de astrología para que cualquiera pudiera leer, y ella hizo lo propio:

La temporada de Escorpio comienza el 23 de octubre y termina el 21 de noviembre. El cambio de etapa astral afectará a todos los signos del Zodiaco debido a la fuerza e intensidad de Escorpio. La fuerza de este signo te ayudará a reflexionar, tomar decisiones, profundizar en tu mundo interior. El Sol irradia su luz sobre Escorpio, será una etapa transformadora.

Aquellas palabras vibraron en su interior de forma especial. Como la escorpio que era, se preguntó cómo su signo podría afectar tanto no solo a cualquier otra persona escorpio, sino también al resto de gente. Sin darle más vueltas, abrió la puerta de la tienda. Sonó un breve pitido que alertaba de nuevos clientes, y la morena giró para ver quién había entrado.

—Isabel, eres tú —murmuró la dueña, a caballo entre la sorpresa y el alivio.

—Hola, Melanie. —Aquel día su profesora de ganchillo llevaba unos pantalones negros ajustados y un jersey de lana del mismo color. En el centro de su pecho brillaba la piedra verde de su collar con cada pequeño rayo de luz que la atravesaba.

La esquivó, cerró la puerta del local con pestillo y comenzó a bajar las persianas. A Isabel le pareció extraño al inicio, pero pensó que tal vez Melanie quería compartir alguna confidencia escondida de las alcahuetas del pueblo, y se quedó allí hasta que terminó de cerrar.

—Sabía que vendría alguien, sospechaba que serías tú, pero no lo sabía con certeza. —Le sonrió con complicidad y acortó la distancia entre ambas. Jamás la había tenido tan cerca, y bajo la luz de los fluorescentes pudo perderse mejor en el océano de sus ojos—. El tarot es realmente sabio.

—¿El tarot te ha dicho que vendría?

Su corazón se aceleraba por momentos. Ni siquiera ella tenía del todo claro si iría o no a visitarla aquella tarde cuando se sentó en la cafetería. Aun así, había sentido un impulso que la había llevado hasta ella, quizá se trataba de una coincidencia o del destino.

—Algo así. Eres escorpio, ¿verdad?

Isabel asintió, fascinada por el rumbo que estaba tomando aquella conversación. Se preparó mentalmente porque, siempre que lo mencionaba, los comentarios acerca de su signo no eran del todo positivos.

—Lo sabía, la temporada escorpio te afecta con más fuerza. Habrá sorpresas, detalles y la necesidad de explorar un nuevo terreno. —Hizo una pausa, miró a Isabel a los ojos y le preguntó—: ¿Quieres vivir una experiencia única, un viaje astral?

Ella arqueó una ceja, curiosa, luego asintió despacio.

Melanie se deshizo de la corta distancia que quedaba entre ellas y le acarició la mejilla. Acercó los labios a su oído, provocándole un escalofrío, y le hizo la pregunta que lo iniciaría todo.

—¿Estás segura?

Isabel no podía imaginar lo que sucedería a continuación, pero confiaba en Melanie y su cuerpo le pedía a gritos que aceptara.

—Completamente.

Entonces, unió sus labios. El roce se transformó en un beso poderoso. El posavasos de ganchillo cayó al suelo, luego las chaquetas y, por último, el miedo a que la otra no sintiera lo mismo. O al menos algo parecido. La dueña de la tienda de labores la deseaba tanto como la propia Isabel a ella.

Antes de que el beso las dejara sin aliento, Melanie la tomó de la mano y tiró de ella para llevarla al único lugar de la tienda de labores que no conocía todavía, el almacén. Isabel esperaba altas estanterías repletas de cajas de lana, hilos, agujas y pasamanería, pero encontró algo distinto. Era una estancia de paredes color burdeos y estaba casi vacía. Un fuerte olor a incienso se coló en sus fosas nasales mientras entraba en la habitación. Al observar con más detenimiento reparó en unas argollas que había en el techo y en las paredes, así como lo que parecía una colección de cuerdas perfectamente anudadas.

—Bienvenida a mi mundo —dijo Melanie y giró sobre sí misma.

—¿Dónde estamos?

Jamás había visto una sala como aquella. Una alfombra, una silla y una pequeña mesa redonda eran las únicas piezas, además de las cuerdas.

—Es mi habitación de deseo. Del fetiche. Del *shibari*.

—¿El *shibari*? —Isabel se fijó en lo que había sobre la mesa: una bandeja con unas tijeras que no había visto antes y una linterna. Se preguntó para qué serviría aquello.

—Significa atadura en japonés. Es un estilo de *bondage*.

Había oído hablar del *bondage* alguna vez, pero no había profundizado demasiado. Lo relacionó con el BDSM, un mundo que le había llamado la atención desde que comenzó a descubrir su propio placer.

—Las cuerdas siempre han sido mi pasión, en cualquiera de sus formas. Una vez, en clase, te até las muñecas en una atadura simple con un hilo de ganchillo. Sentí que despertaba tu curiosidad y juraría que estabas excitada... ¿Lo recuerdas? —explicó.

—Lo recuerdo —afirmó antes de que hubiera terminado de formular la pregunta—. Estaba muy excitada, lo confieso. —La miró a los ojos y luego añadió—: Quiero probarlo.

La expresión de Melanie la delató. Ella también lo quería. Sin más dilación, guio a Isabel hacia un gran espejo que había pasado desapercibido hasta ese momento y se colocó detrás de ella. Jugaron con sus miradas unos instantes. Con una lentitud desesperante, comenzó a quitarle la ropa, prenda por prenda. Con cada pedazo de piel que descubría, acariciaba, arañaba y pellizcaba, testeando la resistencia de su alumna.

La morena dobló cada pieza con meticulosidad y paciencia, y la dejó sobre la silla antigua de madera que había en una esquina. Le recogió el pelo con una goma que llevaba en la muñeca en un moño, así no molestaría. Acto seguido, pulsó un interruptor en la pared y un foco se encendió sobre ella. Miró a Isabel en el espejo y le besó el hombro una última vez antes de tomar sus brazos y llevarlos a la espalda. Melanie le sostenía las extremidades superiores en un pequeño preludio de lo que vendría a continuación. Le hizo sentir un escalofrío.

—Mantén los brazos en esta posición —dijo, ahora en un tono más serio—. Es un espacio seguro, puedo deshacer las cuerdas en cualquier momento. Si quieres parar, di «encaje». ¿Entendido?

—Entendido.

A través del reflejo, Isabel vio cómo su profesora de ganchillo tomaba una de las cuerdas de la pared y la desenrollaba. Primero la acercó al cuerpo de Isabel y dejó que sintiera la textura en todas partes, jugueteó con el efecto que producía al pasar muy rápido por su piel. Se le erizó el vello y sintió cómo la humedad entre sus piernas era cada vez más evidente.

La atadura empezó por sus cervicales. La cuerda no estaba demasiado apretada, pero sí lo suficiente tensa como para restringir el movimiento de Isabel. Una parte de ella quería liberarse de aquel objeto extraño que comenzaba a rodearla por toda su anatomía, pero otra, mucho más fuerte, necesitaba vivir aquella experiencia.

Poco a poco, sus brazos quedaron inmovilizados de arriba abajo. La tensión de las cuerdas era ligeramente dolorosa, pero la excitación que le estaba generando aquello hacía que el conjunto fuera muy placentero. La noción del tiempo se esfumó, solo podía observarla en el espejo y permitirse sentir cómo estaba atrapada.

Melanie terminó en sus muñecas y, con cuidado, la hizo voltearse. Observó la atadura que cubría sus brazos y le pareció lo más bello que había visto. Después, la morena la ayudó a ir a otra zona de la estancia, donde estaba la alfombra de pelo negro sintético. Con la asistencia de la morena, Isabel pudo sentarse.

Sentir la suavidad de la alfombra contra sus nalgas desnudas le provocó un escalofrío, y le hizo ser más consciente de lo que deseaba seguir explorando todo lo que la profesora quisiera mostrarle. Cualquier cosa.

—Has sido muy buena chica —le susurró con una ternura en la voz desconocida hasta entonces—. ¿Quieres que te toque?

—Por favor —dijo Isabel con la voz entrecortada.

Melanie la rodeó por la espalda y dejó que apoyara la cabeza en su hombro. Fue el primer momento en que Isabel cerró los ojos. A continuación, pudo sentir los dedos de la morena en su cuello, en sus hombros, en sus pechos. Le acarició los pezones lo suficiente para endurecerlos, y siguió bajando. Trazó un camino invisible y se detuvo en el vello de su monte de Venus.

—Estás muy excitada, ¿verdad? Y no he podido comprobarlo todavía.

Isabel gimió a modo de respuesta.

—Las cuerdas son maravillosas —le susurró al oído antes de morderle el lóbulo—. Me excita que te exciten tanto como a mí.

Melanie siguió bajando, se acercaba peligrosamente a la zona más necesitada del cuerpo de Isabel. Esta jadeó en cuanto tocó su clítoris, y cerró las piernas, atrapándola en el contacto. La morena rio por la sorpresa y, a pesar del poco margen de movimiento que le quedaba, colocó su palma contra su centro. Comenzó a moverla jugando con la presión, primero despacio, y luego permitió que las piernas controlaran la intensidad del roce.

Isabel se sentía como si, durante la última hora, hubiera estado trabajando a fondo en su placer. Ver a su profesora de ganchillo a través de la cristalera ya había sido lo bastante estimulante —otros días había bastado para una buena sesión de masturbación al llegar a casa—, pero lo que había pasado después lo había potenciado todo. Todavía podía sentir la primera caricia de la profesora, su reflejo mientras la ataba, la poderosa sensación de pertenencia que la recorría.

Y quería tocarla, se moría por poner las manos en su cuerpo de una vez por todas, pero el orgasmo la cegó. Era inminente y no pudo controlarlo cuando se desató y la sacudió por completo. Quiso arquearse, pero las cuerdas se lo impidieron, y gimió fuerte. La intensidad fue tal que se quedó quieta contra el cuerpo de Melanie. Ella aprovechó para deshacerse de cada uno de los nudos y quitarle la atadura.

Isabel estaba agotada, no solo físicamente, sino también en el ámbito sensorial. Se sentía sobrestimulada, y le llevó unos minutos de silencio regresar a la realidad, al almacén de *shibari*, a Melanie. Cuando se sintió lista, estiró las manos y suspiró al volver a sentirlas libres. Las miró. Las marcas de las cuerdas eran frescas y, al tocar, un pequeño hormigueo le recordó la sensación de estar atada.

—¿Qué ha sido esto?

—Tu viaje astral. Espero que no te arrepientas, mañana será importante —le dijo bajito.

—¿Por qué?

—Porque comienza el segundo nivel de ganchillo —explicó—. También planeo contarte lo que son las suspensiones en *shibari*.

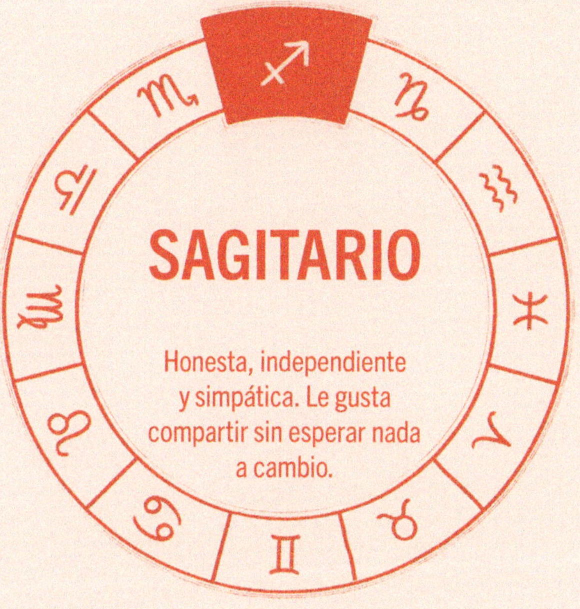

LA CRESTA DE LA OLA

Cuando Ainhoa le dijo a todo el mundo que dejaría su frenética rutina en la ciudad para recorrer el país en una furgoneta, a nadie le sorprendió. Sin embargo, mientras metía toda su vida en tres cajas de cartón, se preguntó si estaba tomando la decisión correcta. El miedo inicial se fue transformando en la sensación de que iba a enfrentarse al mayor desafío de su vida, y eso le motivaba mucho. Desde hacía años, se sentía atrapada bajo la luz de los semáforos, atada a un trabajo en una oficina que no le aportaba nada y, por ello, la idea de ser libre y dejarse llevar por las aventuras que le deparase un futuro impredecible le resultaba muy seductor.

Después de poner en orden todo lo necesario, se había dedicado a camperizar una furgoneta hasta que la sintió como su hogar. Ahora vivía en una Citroën Jumper por fuera y una minicasa con decoración minimalista por dentro.

En los tres meses que llevaba de vida nómada, había recorrido gran parte del norte de España y conocido a gente muy diversa. Maya ocupaba ahora el asiento de copiloto de su furgoneta mientras se dirigían a Vitoria-Gasteiz y era, sin lugar a dudas, la persona más interesante con la que había coincidido.

Se habían cruzado por primera vez cuando ella hacía autoestop cerca de Zarautz y, a Ainhoa, verla con una tabla de surf le dio confianza, aunque no supo bien por qué. En tan solo unos minutos de charla parecía que se conocían de toda la vida y, lo que iba a ser un trayecto corto, se convirtió en un viaje de varias semanas. Luego, en su nueva compañera de viaje.

Aquella tarde el sol se negaba a bajar. Después de varios días de cielos encapotados, había amanecido despejado y arañaba los últimos rayos de luz diurna. Se habían pasado medio camino hablando de grandes éxitos musicales y, ahora, con los grandes éxitos de The Cranberries inundando el vehículo, se había hecho el silencio. Maya tarareaba bajito los estribillos y Ainhoa la miraba de soslayo cuando la carretera se lo permitía. Incluso sin despegar la vista del asfalto, en su visión periférica podía ver el rosa que teñía el pelo largo y ondulado de la surfista. Incluso oler aquel aroma que parecía una mezcla de madera y salitre. Maya hablaba muy poco de sí misma, pero no le hacía falta contar demasiado porque emanaba confianza y carisma. Aun así, tenía una respuesta para casi todo.

—Me he dado cuenta de algo.

—¿De qué? —Maya se acomodó mejor en el asiento. Se quitó las botas sin necesidad de usar las manos y puso los pies encima del salpicadero.

—Antes me pasaba muchísimo tiempo en las colas de los supermercados. Desde que vas conmigo y me dices cuál es la mejor, siempre acabamos en la más rápida. ¿Cuál es tu secreto?

Ainhoa desvió los ojos de la carretera tan solo un instante para establecer contacto visual, luego volvió a centrar su atención en la calzada. Escuchó la risa contagiosa de la surfista y, aunque no la veía, supo que ponía esa sonrisa socarrona que tanto le gustaba.

—¿Y te acabas de dar cuenta de eso ahora mismo, mientras suena *Just my Imagination*?

—No, lo he pensado antes mientras estábamos en el súper, pero lo estaba analizando ahora. —Hizo una pausa y repitió la pregunta—. ¿Cuál es tu secreto?

—Teoría de las colas. Algo muy curioso que aprendí en la universidad.

—¿Qué estudiaste?

—Solo estuve un tiempo en la universidad. Me quitaba las ganas de vivir.

El resol del atardecer bañó el interior de la furgoneta y también un silencio raro que las había acompañado a lo largo del día. A pesar de los varios intentos por parte de Ainhoa para que todo pareciera normal, algo había cambiado desde aquella madrugada, cuando la conductora había sorprendido a Maya masturbándose bajo las sábanas.

Entonces ya dormían en la misma cama por comodidad, aunque los primeros días la surfista se las había arreglado con un colchón hinchable. Aquella noche, Ainhoa le daba la espalda y Maya aprovechó para deslizar la mano bajo sus bragas con toda la discreción de la que pudo hacer acopio. Estaban húmedas y su clítoris, duro. Hizo lo posible por no hacer un solo ruido, pero unos suaves gemidos despertaron a su compañera. Ella se giró, preocupada, y se encontró con aquel panorama. A pesar de que la escena no daba lugar a confusión, ambas fingieron que nada había ocurrido. Maya simplemente se hizo la dormida y se dio la vuelta en la cama. La conductora, en cambio, tuvo que hacer un gran esfuerzo por olvidar lo que acababa de presenciar. Ella también quería tocarse, aliviar esa sensación abrasadora que la recorría desde que había conocido a la chica.

Ahora la carretera requería toda su atención porque habían entrado en poblado, pero tan solo el recuerdo de esa noche había logrado excitarla de nuevo. Se removió en el asiento, disimulando, y fingió concentración mientras le daba al intermitente antes de salir de la rotonda.

—Yo estudié Económicas. Un aburrimiento, aunque se cobra bien. —Ainhoa rompió el silencio. Si miraba un poco a la derecha, podía ver las medias de rejilla que Maya llevaba bajo los *shorts* tejanos, así que se concentró en la velocidad a la que iba el vehículo. Cuarenta por hora.

—¿Sabes qué es lo que más disfruto aprendiendo? Y no se enseña en la universidad —le dijo la surfista, que parecía que acababa de incorporarse a la conversación.

—Dime.

—Cómo son las personas: dime cuándo naciste y te diré cómo eres.

—Nací el 30 de noviembre. Soy sagitario, por si te lo preguntas.

Maya rio y luego dijo:

—Era una forma de hablar. Ya sabía que eras sagitario desde el principio.

Todavía perpleja, Ainhoa entró en un descampado y aparcó la furgoneta. Harían noche allí.

—A ver si me conoces tanto como crees —la retó y, acto seguido, apagó el motor del vehículo. Se giró para quedar frente a Maya y la miró a los ojos.

—Eres lista, sincera, optimista, modesta, tienes buen humor. —Fue enumerando con la ayuda de los dedos—. Pero lo mejor es que anhelas la libertad y, cuando la tienes, la atesoras. Algunos dirán que eres superficial, incluso descuidada, pero no se trata de eso. Tienes tus prioridades: vivir aventuras y tu propia ética. —Llevó la mano al rostro de la conductora y le acarició la mejilla.

Ainhoa asintió, le dio pie a seguir.

—Sea como sea, necesitas una sola cosa en esta vida. Sentirte libre, sin ataduras.

—Eso es cierto. A ver, ¿y qué más sabes?

Maya dejó ir una risita, se colocó el pelo y centró la mirada en los labios de Ainhoa. En el altavoz había comenzado a sonar *Animal Instinct*, y algo así fue lo que comenzó a ver en los ojos de Maya.

—Que te mueres por besarme.

Sin dejar un solo segundo para la duda, la surfista agarró a la conductora por el cuello y dejó que sus labios impactaran en los de ella. Se hundieron en un beso sincero, necesitado y tan poderoso como toda la energía que se mueve en la cresta de una ola.

Ainhoa no había sentido el corazón así de acelerado en mucho tiempo. Al inicio de su vida nómada había experimentado algunas emociones fuertes, pero en nada se le parecían a los labios de Maya impactando contra los suyos. Era como si, encapsuladas en aquel beso, encontrara las respuestas a todas sus preguntas.

Recordó el calor que se había propagado por su cuerpo al verla aquella noche tocándose. El reflejo de las farolas de la calle entraba a la furgoneta con torpeza, pero fue suficiente para delinear el cuerpo de la surfista. En un intento por corroborar si lo que había creído ver por la noche se ajustaba a la realidad, se sentó a horcajadas sobre ella y colocó las manos en sus senos. Eran pequeños y los pezones se le marcaban antes de que la hubiera tocado siquiera. Ambas gimieron al sentir el contacto, como si lo hubieran esperado durante años.

Ainhoa lamió los labios de Maya antes de morderle el inferior y se sumergieron en otro beso igual de poderoso que los anteriores. La calefacción no estaba encendida en la furgoneta y, aun así, el ambiente se caldeaba por momentos. Al tocar sus caderas por encima de los tejanos que llevaba, la conductora no podía evitar recordar cómo la había visto moverlas en la penumbra.

Aprovechó un momento en el que ambas se separaron para respirar y le dijo:

—Y aun así hay tantas cosas que no sabes sobre mí...

Lo dejó caer como si nada, y logró el efecto previsto en la chica de pelo rosa. Ella arqueó una ceja para observarla.

—Quiero descubrir todas esas cosas y todos los lugares que escondes —susurró sin apartar la mirada y luego añadió—: Seguro que hay muchos rincones en los que puedo perderme.

Acto seguido, coló la mano entre las piernas de Ainhoa y presionó su sexo sobre el pantalón, como si su clítoris no estuviera ya lo suficientemente estimulado para entonces. La conductora le apartó el pelo y deslizó la lengua desde la base de su cuello hasta su barbilla. Buscó su oído y murmuró bajito:

—¿Qué hacías esta noche?

—Tu voz con menos decibelios me va a volver loca, ¿sabes? —Maya dejó ir una pequeña risa antes de ladear la cabeza y contestar—. Ya sabes lo que hacía esta noche.

—¿Masturbarte?

Ella asintió y presionó de nuevo su intimidad por encima de la ropa. Ainhoa movió la pelvis por acto reflejo.

—Pensaba en ti. Me excitó mucho verte salir de la ducha con la toalla por la noche y luego no podía dormir. —Su voz había perdido el humor y se tornaba sincera por momentos.

—Ven conmigo.

La conductora abandonó el lugar privilegiado que había conseguido sobre sus piernas y fue hacia la puerta de la furgoneta. Abrió un armario, tocó a tientas un botón que había dentro. Entonces, una pequeña compuerta se destapó en el techo y bajó una maraña de correas. Ainhoa comenzó a colocarlas mientras Maya se acercaba a ella con curiosidad, hasta que fue evidente lo que era: un columpio sexual.

—A mí me encanta masturbarme aquí. No lo he hecho desde que viajas conmigo, pero al principio... al principio lo hacía muy a menudo —confesó—. Me ponía pensar que cualquiera podría verme así, con las piernas abiertas.

—Hazlo. Mastúrbate para mí, Ainhoa —le pidió bajito.

A la conductora usar el columpio le resultaba estimulante por sí solo, pero hacerlo, además, frente a la chica que le gustaba le haría perder la cabeza. En aquel momento solo podía dejarse llevar por su deseo, por la idea de tocarse para ella, por la sospecha de cómo terminaría aquella noche para ambas. Se desnudó con toda la premura que pudo, y nervios, muchos nervios. Maya la miraba sin apartar la vista un segundo, y así fue como descubrió un par de tatuajes que habían pasado desapercibidos hasta entonces y una marca de nacimiento bajo una de sus nalgas.

Cuando la conductora estuvo desnuda, se sentó en la parte más ancha del columpio. Luego pasó las piernas por los estribos y se balanceó un poco para asegurarse de que estaba bien sujeta. Entonces conectó la mirada con la de la surfista y llevó la mano entre sus piernas. Fue la primera vez que ella observó su intimidad, que parecía recién depilada y brillante por el morbo. Apoyó la espalda en una de las paredes de la furgoneta y vio con todo lujo de detalles cómo Ainhoa esparcía la humedad de su entrada por toda su vulva.

La conductora la vio relamerse y supo que iba por el camino correcto. Estaba tan excitada por la situación que dos de sus dedos resbalaron con facilidad en su interior. Echó la cabeza hacia atrás, disfrutando de lo increíble que se sentía abrirse paso poco a poco. Enseguida sacó los dedos y volvió a meterlos, y así un par de veces hasta que se acostumbró a la invasión. Se penetraba una vez tras otra, con embestidas tan profundas como se lo permitía la posición. De tanto en tanto miraba de reojo a Maya, que se removía contra la pared hasta que resopló y se arrodilló frente a ella.

—No te detengas —le ordenó la surfista. Se quitó la goma que llevaba en la muñeca y se recogió el pelo en un moño.

Ainhoa asintió y siguió penetrándose con los dedos. Maya le tomó las piernas, las colocó sobre sus hombros y se hizo un hueco entre ellas. Deslizó la nariz por su ingle antes de separar sus labios íntimos con los dedos y dar la primera lamida. Subió desde su entrada hasta su clítoris, y se quedó en esa zona mientras el vaivén seguía más abajo.

La conductora llevó la mano libre al pelo rosa de la chica y lo retorció para que aumentara la velocidad con la que lamía su centro de placer. Succionaba, mordisqueaba y chupaba con una lentitud que Ainhoa no sabía si la empujaba al orgasmo o la alejaba cada vez más para torturarla. Tal vez ambas cosas. Cuando la desesperación comenzaba a consumirla, atrapó a la surfista con las piernas. Ella captó el mensaje y la acompañó hasta que el orgasmo le explotó en la boca.

Ainhoa sintió una oleada que arrasó con todo lo que encontró por medio. Sus dudas, sus miedos, su vergüenza. Se corrió con el sonido de las primeras gotas de lluvia salpicando los cristales y con vistas al aparcamiento. Pensó que si había algo más excitante a que la vieran masturbándose, era que vieran cómo alguien más la masturbaba hasta el clímax, y eso desencadenó otro más. La segunda ola le recordó a un maremoto y la dejó agotada y con los músculos doloridos por la tensión que había acumulado.

Todavía tenía a Maya atrapada entre las piernas cuando le mordió el muslo y le oyó decir una frase que le dio la vuelta a todo:

—Sabía que eras sagitario porque yo también lo soy.

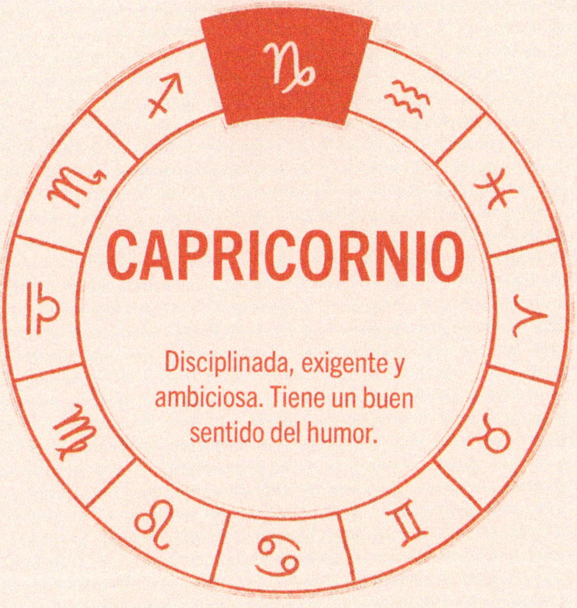

BIENVENIDA A LA EXPERIENCIA

—Primero no notarás nada más que silencio, mis pasos y tus propios pensamientos. Luego comenzarás a escuchar. Verás en la oscuridad, navegarás en un estado entre la relajación y la estimulación. —Una voz le acariciaba los sentidos. Era suave como el terciopelo y parecía que no hablaba desde una sola dirección, sino que el sonido salía de todas partes—. ¿Estás lista?

—Estoy lista.

—Olvida el ruido, las preocupaciones, el mundo. Que se queden fuera de esta sala, tan solo estamos tú y yo. —La masajista dejó caer las manos en la cabeza de la chica con la ligereza de una pluma y ejerció una leve presión en sus sienes. Se desplazó a su pelo para enredarse en él y acariciar su cuero cabelludo.

—Este masaje ha sido diseñado para ti según tu signo zodiacal —explicó—. Eres ambiciosa, práctica, paciente. Te encanta reírte y estar tranquila. Eres trabajadora, justa y adoras la música. Bienvenida a la experiencia, capricornio.

Estela se removió en la camilla al sentir cómo la piel de todo su cuerpo se erizaba ante aquel susurro. Trató de seguir las indicaciones de la masajista y desterró las dudas, los miedos. Hizo lo posible por ignorar que estaba bocabajo en una camilla en una sala a duras penas iluminada por una vela que titilaba a unos metros. Incluso intentó dejar a un lado el hecho de que estaba desnuda bajo la toalla.

Pronto los dedos de la masajista le ayudaron a desprenderse de todo pensamiento que osó cruzar su mente. Comenzaron acariciando la musculatura tensa de sus cervicales, masajearon el estrés acumulado por el trabajo durante las últimas semanas. Fue entonces, antes de llegar a los hombros, cuando le pareció escuchar el silbido de un pájaro muy bajito. ¿Lo habría imaginado? Se concentró de nuevo en lo que notaba: los dedos surcando sus escápulas.

Abrió un poco los ojos, lo suficiente para intuir un haz de luz azul. Los cerró otra vez, no sin antes escuchar, en su oído, la voz de terciopelo de nuevo:

—Shhh... Siente mis manos.

Pronto llegó la artillería pesada. Primero notó algo líquido y muy caliente en la espalda, luego un aroma delicioso a coco. Era fresco, y a Estela le recordó a su último viaje: la playa de arena fina y blanca, el agua cristalina, un coco loco. Casi podía saborearlo solamente con el olor del aceite de masaje que la envolvía cada vez más. Regresó a aquella playa. Oyó el sonido relajante de las olas arrastrándose hasta la orilla, igual que las manos de la masajista. Subían y bajaban por su espalda sin pretensiones, con el único objetivo de imitar el movimiento hipnótico de una barca amarrada a un muelle en un día de calma.

Oyó el sonido del mar y se preguntó si algún dispositivo lo reproducía o era producto de su imaginación. Fuera como fuese, se dejó llevar por el sonido, y también por el camino que tomaban los dedos que la acariciaban. Se acercaban peligrosamente a sus nalgas y Estela movió las caderas por acto reflejo. En aquel momento fue consciente de la humedad que sentía entre las piernas, que resbalaba por sus labios íntimos bajo la toalla que la cubría.

¿Se daría cuenta la masajista? Ignoró la pregunta porque había un lugar más importante al que regresar: el mar. Las manos de ella, sin embargo, tenían otro objetivo. Arañaron sus nalgas y, ante el gemido de Estela, clavó las uñas en su piel. La imagen de la playa paradisíaca se esfumó, de pronto su corazón latía rápido y fuerte contra la camilla.

—Te encantaría tener el control incluso ahora, pero me lo vas a ceder. Recuerda, capricornio: esta experiencia ha sido diseñada para ti —dijo en su oído. Su voz se había tornado provocadora y en la forma en que la tocaba no quedaba ni rastro del estado de relajación en el que parecía haberla sumido poco antes—. Dime que puedo hacer lo que quiera.

Escuchó socarronería en sus palabras y la promesa de que valdría la pena oculta en aquella orden. Asintió despacio.

—No, dímelo.

—Puedes hacer lo que quieras —susurró Estela, y se acomodó mejor. Abrió las piernas y dejó que su excitación mojara la camilla.

—Buena chica. Mantén los ojos cerrados y siénteme...

Los dedos de la masajista tantearon un poco hasta que encontraron su sexo en medio de la oscuridad. La chica la oyó suspirar al notar la humedad, y los deslizó entre sus pliegues. Ella se sentía más excitada de lo que había estado en mucho tiempo y su cuerpo estaba más receptivo de lo habitual debido a la estimulación sensorial. Respondía como si hubiera nacido para que la mujer lo tocara.

Estela se removió cuando la masajista colocó una toalla enrollada bajo su pelvis para tener mejor acceso. Dejó su entrada expuesta y aprovechó aquella nueva posición estratégica para hundirse dentro. Lo hizo despacio pero hondo, hasta que su pulgar pudo acariciarle el clítoris duro e hinchado.

La chica recordó que en aquella playa también la habían tocado así. Incluso habían llevado su humedad al otro orificio para estimularlo del mismo modo. La masajista conocía a la perfección el ritmo con el que embestir, la presión que ejercer, la velocidad que mantener. Creó y trabajó el orgasmo con sus propias manos como si se tratara de arcilla, controló su fuerza y lo hizo despegar. Luego lo trajo de vuelta y lo moduló otra vez, porque aquella experiencia no iba a terminar todavía.

A pesar de que el recuerdo seguía firme en su mente, Estela lo dejó fuera de la sala también. En esa ocasión le resultó fácil centrarse tan solo en las manos de la masajista, que parecían acariciar hasta el rincón más recóndito de su anatomía. Su deseo se concentró, al igual que los toques firmes en sus dos entradas y también en su centro de placer.

El vaivén del orgasmo parecía más fuerte que el de la barca en el muelle, y aun así quiso zambullirse en él. Incluso la camiseta que llevaba la masajista, que le rozaba el costado con cada embestida, le erizaba la piel. Hasta que sintió que se levaba el ancla. La mujer le sostuvo las caderas y se cercioró de acompañarla hasta el límite más insospechado con cada ida y venida. Estela gimió, jadeó y contuvo la respiración para recuperarla poco después, como si acabara de salir a la superficie tras un descenso profundo.

Ambas siguieron en contacto mientras ella se recuperaba. Los balanceos eran ahora un camino por su columna que parecía no terminar nunca. La chica separó los párpados y vio cómo la lámpara de noche estaba cubierta por un pañuelo azul, y en el altavoz portátil que había sobre la cómoda todavía parpadeaba el botón con cada ola. A la derecha, su mujer la miraba con deseo y ella le regaló una sonrisa a falta de habla todavía. Había capitaneado, una vez más, el océano de sus sentidos.

Cuéntanos qué te ha parecido este libro.

Pasa la página >>>

ESTELARES

Thais Duthie

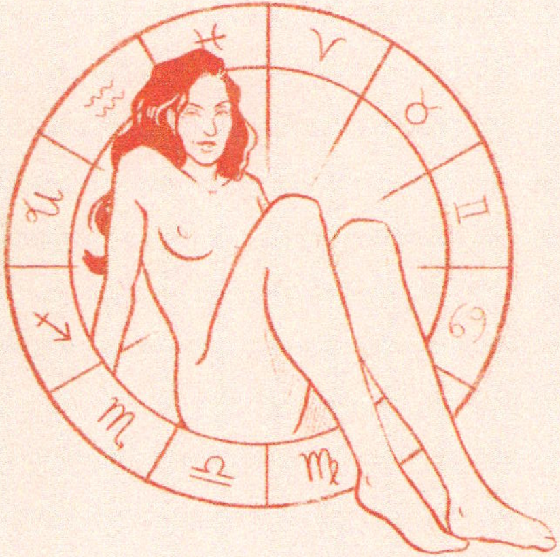

De:

Para:

Dirección:

Mensaje: